素晴らしき哉、読書尚友

Alt.Mizukawa

文芸社

はじめに

生きているといろいろな所へ行って、いろいろなことを見て、いろいろなことを考える。この本は、そんなこれまでのことを順に書き連ねたものである。六十の話が書いてある。ハワイの夕陽から話は始まる。一つの話から、しりとり風に繋げて次の話を書いていったのだが、思わぬところへ話が飛んでいく。書いている本人にもどう繋がっていくかは全く予想がつかない。人間の頭が、いかに縦横無尽で複雑怪奇なものかがよくわかる。前を書いていたらいつの間にかあとに回っていたり、上かと思えば下にいたりと、書いている時間は計画を立てない自由で気ままな一人旅をしているのである。思えば私の人生もそうだった。なにしろ、小学校・中学校・高校はすべて転校した。親の転勤によるものである。子供にとっては全く予想しないところへ行くのであるが、これはこれでたいそう面白かったのである。社会人になってからも会社を二回変わって、最初の会社にまた戻るということになった。これも全く思いもかけない展開であった。しかし、経験は積み重なった。予測不可能な環境の変化は私にとってはエネルギーのようなものであった。

読んだ本のことにも触れた。ただ、これらの本を並べてみても一貫性は全くない。雑食性のそしりは免れないのかもしれない。

「読書尚友《どくしょしょうゆう》」は『孟子』「万章下」の「頌其詩、讀其書、不知其人可乎。是以論其世也。是尚友也。〈其の詩を頌《しょう》し、其の書を読むも、其の人を知らずして可ならんや。是を以って其の世を論ずるなり。是れ尚友なり。〉」によるもので、書物を読んでいにしえの賢人を友とすること、という意味だそうである。大層なタイトルにしてしまったと少し反省をしている。大変僭越ではあるが、多くの著名人を勝手に友達にしてしまったのである。おかげでもの凄い友達が増えたのだが、先方は全く預かり知らないことなのである。厚かましい限りである。それでも私にとってはたいそう幸せな時間であった。肩の力を抜いて書いているので、肩の力を抜いて読んでもらわなければならない。お酒を飲みながら書いたところもあるので、お酒を飲みながら読んでもらわなければならない。

六十の話にはそれぞれ十七文字のタイトルを付けた。季語も入れて俳句のようなスタイルをとっているが、俳句のレベルに至っていないことを付け加えておく。単なる符牒と考えていただきたい。いわば、落語の演目の名前のつけ方と同じである。必ずしも主題を表しているというわけではないこともお断りしておきたい。

当然のことであるが、世の中には不思議なことや、面白いことがまだまだ満載である。行っていないところも、知らないことも多い。読んでいない本もある。考えることもある。

誰かの言葉ではないが、頭の中は日本よりもっと広いのである。自由に外に出かけることができなくても、本を読むことはできる。考えることも、書くこともできる。本を読んで、考えたり、書いたりすることは、一人で遊べる知のテーマパークであり、頭にとってはご馳走なのである。言ってみれば、孤読のグルメである。明日は何を食べようかと思いながら眠りにつくのは、大昔風に言えば明日の遠足を楽しみにして、てるてる坊主をぶら下げる子供のようなものなのである。六十の話に賞味期限はない。ゆっくりと味わって頂きたい。

目次

素晴らしき哉、読書尚友

1　夕空にトウェインの海二重虹

二〇二〇年二月（令和二年）、オアフ島ホノルル。ホテルの部屋に夕刻が迫るころ、雨が止んで窓の外が淡い茜色に染まっている。海辺へ出ると、ブルーグリーンの海、グレーホワイトの雲、そして赤橙の夕陽を背景にして船がゆっくりと進むのが見える。樹木や建物のシルエットが徐々に濃くなり、夕陽と私の間にあるものすべてが漆黒に近づいていく。燃える夕陽は水平線を溶かして海の下に隠れ、残照が波を静かに染めていく。夕暮れがゆっくり広がり始める。人々が止めていた息を吐き出して、体から徐々に力を抜いていくのが見える。自然のリズムに体が包み込まれているのを感じながら、泡の消えたビールをハワイの穏やかな宵闇の空気とともに飲み干す。

一八六六年七月（慶応二年）、マーク・トウェインもハワイで夕陽を眺めている。ハワイ島ケアラケクア湾で見た光景について、

「夕陽が赤々と湾を燃え上がらせ、そこに夏の夕立がふりそそいでいた。湾にはすばらしい二つの虹までかかっていた。（中略）どっちを向いても魅惑的な光景が目の前に広がっているのだ。（中略）このような光景が諸島のなかのどの島であれ、あたりまえに見られ

るのである。」

と『ハワイ通信』に書いている。イブニングシャワーやレインボーと一つになった赤い夕陽の風景は、のちに作家として著名になる彼の心も捉えていたのである。

荒陵山《あらはかさん》四天王寺。大阪上町台地にある寺院で、今では特定の宗派に属さない和宗の総本山となっている。六世紀から建立が始まったとされているが、そのころは上町台地の西側に間近まで海が迫っていた。四天王寺の西門（極楽門）から西方を見ると、石鳥居の中心を通り、六甲山系と淡路島の中間に夕陽が沈む日があり、弘法大師や法然上人らが西に沈む夕陽を見て日想観《じっそうかん》という修行を行っていたとされている。西方には極楽浄土があり、夕陽を眺めて極楽浄土を心に思うという修行である。十一世紀には、四天王寺の西門は浄土教信仰の聖地として日想観の名所になっており、「極楽浄土の東門」とも呼ばれていた。江戸時代以降は廃れていたが二〇〇一年（平成十三年）に寺院の行事として復活されて、毎年春分の日・秋分の日には日想観の法要が行われている。もちろん今は西側に広がる多くの建物で海は見えないのだが、この日の夕陽は特別な意味を持っている。多くの人が参加し、観無量壽経「諦《あきら》かに日《ひ》を観《かん》ずべし」と唱え夕陽を眺めて浄土へ思いを致し手を合わせるのである。

自然の営みから精神的な安らぎを得るハワイの夕陽。夕陽に浄土への想いを託した日想

観。山元大輔の『睡眠リズムと体内時計のはなし』には、

「体内時計の針を調整する天然の刺激は、ほかならぬ太陽である。(中略) メラトニンは脳の松果体というところから分泌されるホルモンの一種で、トリプトファンという必須アミノ酸から酵素の働きによって作られる。この合成酵素はもっぱら夜に働くので、メラトニンは夜に多く昼間は殆どないというリズムを示す。」

とある。夕陽が沈むと、トリプトファンがメラトニンの分泌の準備を始める。メラトニンは気持ちを落ち着かせ心地よい睡眠を誘発するホルモンなのである。夕陽が沈む情景は「心の沈静」に大きな役割を果たしているのである。

●マーク・トウェイン、吉岡栄一・佐野守男・安岡真 訳『ハワイ通信』マーク・トウェインコレクション15 彩流社 二〇〇〇年 …トウェインが新聞特派員時代に書いた記事で、ハワイの歴史や風俗・人間・風景・気候について書かれている。訳者の一人である吉岡栄一は、あとがきで「トウェインがサンドイッチ諸島(ハワイ諸島)に滞在したのは、ほんの四ヶ月ほどのことであったが、「ユニオン」紙に連載されたこのハワイからの手紙は、アメリカ本土で評判となり、作家に大きな富と名声をもたらす契機となった作品である。」と書いている。
●山元大輔『睡眠リズムと体内時計のはなし』日刊工業新聞社 二〇〇五年

2　芳しき香り纏いし薔薇の棘

一八七六年、マーク・トウェインは『トム・ソーヤの冒険』を発表した。自分の少年時代の思い出を小説にしたものであり、『ハックルベリー・フィンの冒険』と合わせて彼の代表作となっている。一九三〇年代に、これらの本の特別版の挿絵を描いたのがノーマン・ロックウェルである。ノーマン・ロックウェルの独特のタッチは、見る人にアメリカの田舎の庶民の哀歌や心温まる人間関係を思い出させる。その素朴ではあるが精密な描写は、記憶に残る「古き良きアメリカ」であり、最もアメリカ的な画家の一人と言われている。一九四〇年から一九六〇年ごろまでの作品に人気があるらしい。

サタデー・イブニング・ポスト紙の表紙を飾った一九一六年から一九六三年までの四十七年間は、日本の戦前から戦後の復興期に当たる時期である。日本でサザエさんの連載が福岡の「夕刊フクニチ」で始まったのが一九四六年。その後、他紙での連載を経て一九五一年から一九七四年までの二十三年間、何回か休載があったものの朝日新聞に連載されている。ロックウェルが古き良きアメリカであるならば、サザエさんは戦後復興から高度成長期の古き良き日本であった。いずれも新聞というマスコミュニケーションの中で、国民の共感を得た。サザエさんは四コマでストーリーを作り、ロックウェルは一枚の絵の中にストーリーを作った。

山城雅江は、論文「アメリカにおけるノーマン・ロックウェル作品の受容と現在」の中で、ロックウェルの「絵の分かりやすさ＝深みの無さ」が「大衆人気の高さと美術史的低評価の併存」の原因ではあるが、のちには「公民権運動や平和問題に絡む作品も発表」して、政治的な発信も行ったと書いている。

そして、サザエさんの作者長谷川町子もサザエさん連載の後半には社会風刺的な漫画を残し、さらに自らのヒューマニティー色に反発したかのように、一九六六年（昭和四十一年）から一九七一年（昭和四十六年）まで、サンデー毎日に『いじわるばあさん』を連載する。主役のおばあさんの名前は伊知割石《いじわるいし》とストレートである。日常的な意地悪も多く扱っているが、高齢化社会や介護を扱った社会風刺的なものもあった。社会を引っ張ってきた多くの中産階級の生活から、微笑ましい風景を描く。しかし、社会の成熟に伴って内在していた問題があぶり出されてくる。多くの人が共に生活するということは、良いことばかりではなくさまざまな問題も引き起こす。それを解決するのが政治であるが、なかなか一筋縄ではいかないのが常である。薔薇の棘のようにチクリと痛い社会風刺が生まれる所以である。

マーク・トウェインも風刺作家と呼ばれ『ハックルベリー・フィンの冒険』も人種差別問題を扱ったメッセージ性の強い作品と言われている。『トム・ソーヤの冒険』のシンプルさに比して、その続編である『ハックルベリー・フィンの冒険』はアメリカ国内でも議論を呼んだ内容であった。人種差別問題だけでなく、親子間の問題・宗教上の課題などにも触れた小説であり、二十世紀以降も州によっては、閲覧制限や禁書処分が行われたところもあったという。少年の冒険物語という範疇を意図的に超えていた。出版はマーク・トウェインにとっても大いなる冒険だったのだろう。

●マーク・トウェイン、大久保博 訳『ハックルベリ・フィンの冒険　トウェイン完訳コレクション』KADOKAWA　二〇〇四年 …冒頭には、「この物語に主題を見つけようとする者は、告訴されるであろう。教訓を見つけようとする者は、追放されるであろう。プロットを見つけようとする者は、射殺されるであろう。」という警告がある。
●山城雅江「アメリカにおけるノーマン・ロックウェル作品の受容と現在」『中央大学総合政策学部　総合政策研究第25号』二〇一七年 …ロックウェルは、連作絵画「Four Freedoms」（一九四三年）で、政治的メッセージも打ち出したと書かれている。

3　ガタロとは俺のことかと夏河童

一九二七年（昭和二年）、芥川龍之介は「河童」を発表している。人間社会に対する痛烈な風刺小説と言われている。例えば、河童の国の宗教について、

「『それは基督教、仏教、モハメット教、拝火教なども行われています。まず一番勢力のあるのは何と言っても近代教でしょう。生活教とも言いますがね。』（『生活教』と云う訳語は当たってゐないかも知れません。この原語は Quemoocha です。cha は英吉利語の ism に当たるでしょう。quemoo の原形 quemal の訳は単に『生きる』と言うよりも『飯を食ったり、酒を飲んだり、交合を行ったり』する意味です。）」

と書き、河童の国の生活や文化の記述を通じて日本の社会を諷刺している。そして、その年の七月二十四日に自ら命を絶った。命日は「河童忌」と呼ばれている。

大阪には河童の異称で「ガタロ」という言葉がある。一九四四年（昭和十九年）発表の織田作之助の「木の都」は戦前の大阪の風景を描いた小説であり、その中にガタロ横町という地域の名前が出てくる。上町という大阪の高台に上がるためにいくつかの坂があり、そのうちの一つ源聖寺坂を上がった辺りの長屋の並びをガタロ横町と呼んでいたようであ

る。河童が住んでいたわけではない。ガタロは上方落語「代書」にも出てくる。難しく言うと「河川に埋没したる廃品を回収して生計を立つ」という職業である。河太郎から転じたとも言われているが、川で作業をしている様子が河童のようだということで、ガタロが河童を意味する言葉になったのであろう。織田作之助は「木の都」を、

「大阪は木のない都だといわれてゐるが、しかし私の幼児の記憶は不思議に木と結びついている。それは生国魂《いくたま》神社の境内の、巳《み》さんが棲《す》んでゐるといわれて怖《こは》くて近寄れなかった樟《くす》の老木であったり、北向八幡《きたむきはちまん》の境内の蓮池《はすいけ》に落《はま》つた時に濡《ぬ》れた着物を干した銀杏《いちょう》の木であったり、中寺町のお寺の境内の蟬《せみ》の色を隠《かく》した松《まつ》の老木であったり、源聖寺坂《げんしょうじざか》や口《くち》縄坂《なわざか》を緑の色で覆《おお》うてゐた木々であったり――私はけっして木のない都で育ったわけでもなかった。大阪はすくなくとも私にとっては木のない都ではなかったのである。」

と書き始める。

大阪の宗右衛門町の十軒路地に育った宇野浩二は、一九一一年（明治四十四年）に大阪を「木のない都」と書き、東京に来て久世山（高田馬場近くの小山。今は地図には表記がない）に登り、

「下界は、家を五分の三とすると、その間間に樹木が五分の二ぐらゐ占めていた。（中略）大木の根に腰をおろして、『東京はええな、町ン中に、こないに木イが仰山あって、』と驚

きながら」

と東京の木の多さを羨ましがり、大阪に木のないことを嘆いている。宇野は、同書で神楽坂を大阪の町らしい感じがするとも書き、その理由として町幅の狭さと木のないことを挙げている。宇野が作之助に消えゆく大阪の良いところを描いてほしいと望み、作之助は「木の都」を書いたということらしい。作之助からすれば、大阪にも木の多いところはあると言いたかったのである。「木の都」は「木のない都」に対する柔らかな反論だったのだろう。

●芥川龍之介『河童・或阿呆の一生』新潮社　一九六八年

●宇野浩二「木のない都」『現代日本紀行文学全集西日本編』ほるぷ出版　一九七六年…「それを現實的に云ふと、私の十軒路地は、いつ頃からのことであらうか、怪しげなカフェエ、團隊専門の旅館、最新式の理髪店、安價な一品洋食屋、その他、ことごとく、新築新型の安普請《やすぶしん》、新奇斬新《ざんしん》の商店にとりかこまれて、それらの中に、文字どほり孤影悄然《せうぜん》と、一つだけ、時代から、置き忘られたもののやうに、私だけには見えたからである。」と、二十四、五年ぶりに訪ねた十軒路地周辺の変わりように宇野は驚いている。作之助に消えゆく大阪を書いてほしいと考えた、一つの理由である。

●織田作之助「木の都」『ちくま日本文学全集　織田作之助』筑摩書房　一九九三年…「木のない都」に対して「木の都」。挑戦的なタイトルであるが、お互いに認め合っていたからこそそのタイトルなのだろう。

4　代書屋が一行抹消と書く弥生

落語「代書」は四代目桂米團治が創作した新作落語で上方落語の傑作である。一九三九年（昭和十四年）に初演され大人気を博した。本籍地や名前や生年月日のわからない人物が、代書屋に履歴書を書いてもらう話であるが、これが全く面白い。何度聴いても笑える話である。弟子の三代目桂米朝が引き継ぎ、その後三代目桂春団治と二代目桂枝雀が演じていたが、三人とも故人となった。今では、米朝の息子の五代目桂米團治が演じている。

四代目は代書屋稼業もやっていたのでその経験からこの噺を創作したのであるが、一九三九年といえば太平洋戦争が始まる直前である。世の中は戦争の雰囲気が徐々に広がっていく不穏な時代であった。五月には満蒙国境でノモンハン事件、七月アメリカが日米通商航海条約破棄、九月ドイツのポーランド侵攻、イギリス・フランス・オーストラリアがドイツに宣戦布告、ポーランドの分割占領を意図した独ソ不可侵条約締結、日本では厚生省が「産めよ増やせよ国のため」を発表、十月物価統制令。日中戦争と第二次世界大戦の影が大きくなってきた時代であった。そして、奇しくもこの年に二代目桂枝雀が生まれている。桂小米時代から、少し変わった落語を演じていた。「笑い」に対する執着は強かったが、いわゆる爆笑だけでなく不思議な笑いのファクターを持っていた。師匠の米朝は正統派の上方落語を演じていたが、それを飛び抜けたと言うか少し違ったタイプの落語を目指していたのだと思う。小噺のいくつかはシュールな面があった。

「おじさん、何してるんですか、深いおおーきな穴ですねぇ」

「ああ、おおきにありがとう。やっとここまできたんやけどなぁ」

「本当に大きな深い穴ですねぇ、なぜそんなに大きな深い穴掘っててんですか」

「いやなぁ、誰かがここにふかーい大きな穴があるというんでな、一生懸命掘って探してるんだけど、なかなか見つからないんだよ」

　桂枝雀は、「笑いは緊張の緩和である」と、マクラの中でよく話していた。ただ、何に緊張するかは人によって違うので、みんなが同じ緩和で可笑しいと感じるかどうかはわからないのだと。

　笑いは健康に良いと言われている。ノーマン・カズンズは『笑いと治癒力』で、自身の膠原病をビタミンCと笑いで治したと書いている。ポジティブな感情が、体に良い影響をもたらすのではないかと考え、気持ちをポジティブにするために笑いを治療に取り入れた。ユーモア小説を読み、コメディー番組を見てよく笑って寝ると二時間は痛みがなくなり、最終的には職場復帰もできたという。

カズンズは、

「笑いについて重要なのは、単にそれが寝たきりの人間の体内の運動――一種の内臓ジョギング――をさせることだけでなくて、ほかのあらゆる積極的な情緒までも作用できるようなムードを作り出すことだ、一言で言えば、笑いはいいことが起こり得るように、その助けをするのだ」

と笑いの効用を説明する。桂枝雀は人を笑わせることには一所懸命で、笑わせることを死に物狂いで考え、鬱にまでなってしまった。ただ、残念ながら最後まで自分を笑わせることはできなかった。一九九九年（平成十一年）春、還暦を前にして帰らぬ人となった。上方落語は貴重な人を亡くした。

●桂枝雀「枝雀落語大全　第十八集」東芝ＥＭＩ　一九八八年十二月二十六日収録。…「深いおきな穴」は、「うなぎや」のマクラでの小噺。このほかに「おじさん、向こうの工場は面白い工場ですね」「うん、そやなぁ、あれあの十日前には煙突が一本やったんやけどなぁ、今日ちょうど十日目で十本になったな煙突が」「妙な工場ですね、何をこしらえている工場でしょう」「恐らく煙突をこしらえている工場じゃないかな……」という小噺もある。おかしいようで、おかしくないようで、なんというか「はてな」な話である。

●ノーマン・カズンズ、松田銑訳『笑いと治癒力』岩波書店　二〇〇一年　…笑いの力が病気も治す。最近は心底笑うということが少なくなったが、楽しく笑って過ごすことが健康に繋がるようである。

5　子や孫と花おどる日に超学校

先日、「超学校」の夢を見た。還暦プラス六歳から入学する学校である。

二〇XX年四月。YY市立ZZ超学校で第一回入学式が行われた。きれいな桜並木が参加者の目にVR（バーチャル・リアリティー）として飛び込んでくる。入学式には多数の新入学を迎えた人々が出席した。保護者の席には息子や娘、そして孫たちがにぎやかに集まり、暖かい日差しを浴びている。二〇二五年に文部科学省と厚生労働省、経済産業省、総務省により構想が発表されてから、長い準備期間を経てようやく超学校が開校されたのだ。

新入生は当該年度に六十六歳を迎える人たちである。スペースに余裕のできた小学校校舎を超学校として活用し、数少ない小学生と数多い超学生をひとつの校舎に集めて相互に交流しあい、超学生に対しては各界の最先端の講師を迎えたり優れたスキルをもった生徒が講師を務めたりと、多彩な授業が行なわれることになっている。三年で卒業することになるが、これは六十六歳を迎えた人々に対する第二義務教育とされ、すべての国民は強制的に就学する義務が課せられた。来年は山田総理や野党第一党の佐藤代表も同じ超学校に入学し、机を並べる予定である。もちろん働いている人には就学期間を延伸するシステムや、夜間超学校やリモート超学校の仕組みも取り入れられている。めでたく卒業するまでに高い専門教育を受け、多様な職業に就いたり、入学前に所属していた会社に戻ったりすることもできる。

公立だけでなく、私立の超学校もできている。昨年行われた入学試験では慶応や早稲田の付属超学校の競争率は十倍を超えたという。慶応や早稲田を卒業した人たちだけでなく若いころ慶応や早稲田を受験して失敗した人たちが、予備校の「Try Again」の掛け声とともに受験した効果が大きいと言われている。新たにＩＴ企業が超学予備校を作り再教育分野に乗り出している。企業の定年は八十五歳となり、多くの人々は超学校卒業後も十六年間は就労可能となっている。医学の進歩も劇的であり、日本人の平均寿命は昨年ついに百歳を越えたのである。いまやハンディキャップという概念はなくなり、多様な補助装置のおかげで人々の生活は様変わりをしている。一次医療・福祉窓口などのソフトサービスはパブコン（パブリック・コンビニ）の役割となっているし、素肌に密着した超薄型外付筋力強化システムや視覚認識増幅システム、聴覚・触覚支援ユニットはモバコン（モバイル・コンビニ）でも手に入れることができるようになっていて、お手軽な買い物である。ドクターＡＩは、新しいウイルスに対してもその特性と変異可能性を分析し、一週間ほどでワクチンや治療薬の開発方向性を示してくれる。多くの人は都市の郊外からさらに遠方のスーパー郊外に居住するようになり、リモート・ワーキングが当たり前になっている。自然に囲まれた瀟洒な「リモワク・ボックス」が各種のビジネス・サービスを提供し人気を呼んでいる。リモート・ワーカー同士の異業種交流も流行っていて、夜は歌もお酒もOKである。

と、自分の寝言で目が覚めた。そこまでして働かなくてもいいのではないかとも思うのだが。

●「文部科学省におけるリカレント教育の取り組みについて」（二〇二〇年四月）には、「人生100年時代や技術革新の進展等を見据えて、社会のニーズに対応したリカレント教育の基盤整備や産学連携による実践的なプログラムの拡充等による出口一体型リカレント教育を推進することにより、誰もがいくつになっても新たなチャレンジができる社会基盤を構築する」と書かれている。終身雇用制度をとっていない国では、教育と職業との混ざり合いであるリカレント教育のニーズがある。日本でも、労働形態の変化や終身雇用の変化によってようやくリカレント教育の議論が起きてきている。（リカレント教育…生涯にわたって教育と就労のサイクルを繰り返す教育制度）

6　かなブンもセブン・イレブンの夜に舞う

コンビニエンスストアの原点は、アメリカの「j・j・グリーン」という氷販売店とのことである。夏に週七日・一日十六時間営業をし、そのうちパン・卵・牛乳なども取り扱うようになったのがこの種のサービスの最初らしい。一九二七年（昭和二年）のことであり、これがセブン・イレブンのルーツだそうである。顧客利便性の一つの回答としての二十四時間営業。それによって時間当たりの賃料を下げるというビジネス効率性とがピタッと合っていた。ただ、今では食品ロスや人手不足・働き方改革・本部の過剰管理などといった問題の解決も迫られている。

佐藤多佳子の『明るい夜に出かけて』は、コンビニエンスストアを舞台にラジオの深夜放送のリスナーたちの交流を描いた青春小説である。私の青春時代にはなかったコンビニエンスストアと、私の青春時代にもあったラジオの深夜放送の取り合わせが面白かった。横浜の金沢八景にあるコンビニエンスストアから話は始まる。主人公は人と接するのが苦手な大学生。深夜のコンビニエンスストアでは、昼間とは違って店員と客とのコミュニケーションが生まれる。常連客とは会話も始まる。都会の人間は深夜に心を開くのだろうか。

同じラジオの深夜放送を聞いていることから人の輪が広がってゆく。コンビニエンスストアというドライな空間の中で、ウェットな人間関係がゆっくりと作られていく。「明るい夜」は深夜の闇の中で明るく光るコンビニエンスストアそのものを示しているのだろう。深夜のコンビニエンスストアは寂しさをいやす灯台、あるいは人を寄せ付ける誘人灯の役割をするのである。客が商品を欲するという行為だけでなく、人が人を欲するという、ある種の顧客サービスも提供しているのかもしれない。

私の青春時代にはラジオの深夜放送がその役割を担っていた。一人で深夜放送を聴きながら受験勉強をしたのを覚えている。ながら勉強は身につかないなども言われていた。朝方になるとトラックのドライバー向けのアナウンスの入る放送もあった。東京や大阪の放送局のスタジオから発せられるアナウンサーやパーソナリティーの話の内容と、そこから想像するその人間味によって気持ちが安らいだのである。一方で、コンビニエンスストアでのコミュニケーションはリアルな人間同士のコミュニケーションである。

『明るい夜に出かけて』の冒頭部分には、

「深夜に来る客って、この立ち読み男みたいにみんな無口なもんだと思ってたけど、そうでも無い。客もバイトも、けっこう同じ顔触れだったりするんで、お互い覚えるし、雑談もする。鹿沢なんか、常連はミナトモダチだもんな。」

と、深夜のコンビニエンスストアでのコミュニケーションを書いている。

若者にとってコミュニケーションは自ら取ることよりも、誰かに自分を捕まえてほしい、見ていてほしいということなのかもしれない。わたしのような年代からすると、深夜にリアルなコミュニケーションを求めるのは少し抵抗があるという気持ちが先に立ってしまう。年のせいだろうか。それとも、私のコミュニケーションを望む感性が薄れてきているということなのだろうか。いずれにしろ、若者にとっては携帯・ＳＮＳそしてコンビニはコミュニケーションの三種の〝心〟器である。

●佐藤多佳子『明るい夜に出かけて』新潮社　二〇一六年（二〇一六年度山本周五郎賞受賞作品）

…人間関係に悩んだ主人公が深夜のコンビニでのアルバイトを通じて、人とのコミュニケーションを深め少しずつ過去のトラウマから解き放たれていくさまを描いている。コンビニはコミュニケーションの場だけではない。鍛治博之は、論文「日本におけるコンビニエンスストアの普及とその背景」（同志社大学人文科学研究所　二〇二〇年）の中で、コンビニエンスストアは「公共料金の代行収納業務や行政書類発行代行業務、切手やハガキの販売、宅配や郵便物の受付なども担う」単なる小売店舗の枠を超えて生活の「プラットホーム」として欠かせない存在になっていると述べている。私にとっては、こちらの機能のほうがありがたい。

7　息遣い聞こえるほどの遠花火

コミュニケーションというとエドワード・T・ホールの『かくれた次元』を思い出す。人と人の関係を四つの距離から分析した名著である。曰く「密接距離」「個体距離」「社会距離」「公衆距離」である。それぞれの意味は、書籍で確認いただくほうが正確だと思うが、私が興味を惹かれたのは、〝日本人の空間概念、「間」を含む空間〟という部分であった。「西洋では、ものの配置を知覚し、それに反応するように、そして空間は『空虚』だと考えるように教えられている。このことの意味は日本人と比較したとき明らかになる。日本人は空間に意味を与えるように――空間の形と配置を知覚するように――訓練されている。このことを表わすことばがマ（間）である。このマ、すなわち間隔、が日本人のあらゆる空間経験における基礎的な建築上の区切りなのである。」

として、生花の花の配置や龍安寺の石の配置の例を挙げるのである。物そのものだけでなく、物と物との間にこそ意味がある。日本人の庭作りが巧みなのは、「空間の知覚に視覚ばかりでなく、そのほかあらゆる感覚を用いることにある。嗅覚、温度の変化、湿度、光、影、色などが協同して、身体全体を感覚器官として用いることにある。」

とも指摘している。

「世間」という言葉がある。仏教用語である。間隔を作ることで区別が生まれ、それが煩悩に繋がる。これを超越したのが「出世間《しゅっせけん》」である。ここでは「間」は精神的な間隔である。建築の世界では、物理的空間という意味で「土間」「居間」「客間」「床の間」などがある。特に「間」はケンとも読み、長さの単位としても使われてきたが、本来は柱と柱の間のことを指す言葉で「柱間」という物理的空間を意味するものであった。日本の武道でも「間」を物理的空間として捉えており、とりわけ剣道には「間合い」という言葉がある。数種の間合いが定義され、これらの習得が技量の向上に繋がると考えられている。日本の芸能全般では、時間的空間を「間」と表現し、この「間」を大切にしてきている。「間に合わない」「間が抜ける」「間が違う」などは、一般的な言葉としても根付いている。イギリスのピアニストのロナルド・カヴァイエは「In movement, mie stop-motion poses demonstrate the most exciting examples of ma.（『間』の例でいちばん興味深いのは『見得』です。）」と指摘して、歌舞伎における間をstop-motion posesとして説明している。

九代目市川團十郎は、荒事から和事、立役から女形と幅広い役柄をこなすオールマイティーな役者で、「劇聖」と呼ばれ歌舞伎を大衆的な娯楽だけでなく芸術の領域にまで広げた歌舞伎界の重鎮である。九代目といえばこの人を指す。その九代目は、「踊りの間と云ふものには二種ある。教へられる間と教へられない間だ。（中略）教へても出来ない間は魔の字を書く。（中略）魔の方は、自分の力で索り當てる事が肝腎だ。」と言っていたそうである。stop-motion poses というよりも indescribable pauses とでも訳すのだろうか。日本語でも曰く言い難しである。英訳はなおさら難しい。間（が）違っていたら申し訳ない。いずれにしろ、いろいろなところに「教えられない間」がある。それを身に付けることは至難の業なのである。

●エドワード・T・ホール、日高敏隆・佐藤信行 訳『かくれた次元』みすず書房 一九七〇年

●ロナルド・カヴァイエ「There is nothing like a ma!（歌舞伎の『間』は素晴らしい！）」Letter from London」https://www.kabuki-bito.jp/special/more/letterfromlondon/post-letterfromlondon-post-132/

●尾上菊五郎『芸』改造社 一九四七年 …「踊の進む拍子」の項に、九代目の「間」に関する記載がある。この著作は六代目尾上菊五郎の手になるものだが、六代目は九代目團十郎に見込まれて、踊りの手解きを受けている。五代目菊五郎が亡くなったあと、九代目團十郎が周囲を説得してわずか十八歳で六代目尾上菊五郎を襲名した。

8　一人聞く借景の中のちっち蟬

「景観の借用」という用語は中国語を起源としているらしい。借景という。龍安寺は見る人の心像を借景にし、圓通寺は後背の比叡山を借景にしている。

圓通寺の庭とその借景を初めて見たのは四十五年ほど前である。まだ訪れる人も少なかった。よく写真にも出てくるが、座敷から東を眺めると縁先の水平線、軒先の水平線、軒を支える垂直の柱、庭の生垣の水平線、その水平線の中に杉や檜が地面から垂直に伸びる。内部の陰影と外部の陽明の対比。巧みに置かれた複数の石、そして生垣の向こうに比叡の山、青い空と風景が広がっていく。心が大きく開かれていく思いがする。龍安寺の石庭は心の内なる風景を想うのだが、圓通寺は心を開放した上で思考が自身の心に向かっていく「開いて閉じる」というイメージである。庭のデザインに意図があるのは明らかなのだが、それが人の視覚や思考を自然に誘い違和感がない。自然体のデザインには心を素直にさせる力がある。龍安寺とも共通するのはそのような自然体である。おのずと自分の心の中に誘導される。見る人は見えているものに気を許し、内なる見えないものとの対話へと導かれていく。

圓通寺は後水尾上皇が比叡山を借景として望む場所を選びぬいて作った幡枝《はたえだ》離宮がベースになっているのだが、その二十年後、一六五九年（万治二年）におなじく後水尾上皇が洛西に作ったのが修学院離宮である。上離宮御成門を抜けて大きな刈込みに囲まれた道を登り切ると、視界が一気に大きく開かれる。臨雲亭という建物の名前の通り貴船、鞍馬、愛宕山などの遠景と京都の市街地、そして浴龍池の景色が溢れんばかりに目に飛び込んでくる。演出としては珍しくはないと思うのだが、やはりその広がり具合には心を動かされる。わかっていても驚かされる。

京都でもう一つ有名な離宮は、建築的な美しさでも知られる桂離宮である。智仁親王が一六一五年（慶長二十年）から造営を始め、四十年を超える年月をかけて整備した離宮である。回遊式庭園として名高いが、ここでも高い生垣を使って橋を渡るたびに新しい風景が広がり、「閉じて開く」景観展開を楽しませてくれる。智仁親王は一五八八年（天正十六年）に関白秀吉の養子となり、後陽成天皇の退位のあと、後継の天皇にという状況にありながら、家康の反対で即位は叶わなかった。その時に家康の意向によって天皇となったのが後水尾天皇である。しかし、後水尾天皇は徳川幕府が公家から政治権力を奪う動きを見せたり、家康の孫娘入内にあたっての事件や皇室に対する幕府側の非礼を良しとせず、隠岐島に流刑となった後鳥羽上皇に我が身を重ね合わせて天皇の座を降りた。智仁親王と御水尾天皇は、二人とも徳川幕府に翻弄された人物である。修学院離宮は御所の鬼門（北東）に、桂離宮は御所の裏鬼門（南西）に当たると言われているのも偶然ではないのかもしれない。どのような思いで離宮を作ったのだろう。二人とも、建築や作庭、文化芸術に長けていたと言われているが、政治に心を閉ざし離宮作りに心を専念させたのであろうか。智仁親王が亡くなって程なくして家康は東照宮に祀られる。桂離宮と東照宮の美意識の違いは明らかである。修学院と桂、二つの離宮の美しさは後水尾天皇と智仁親王の政権に対する諦念を包含して研ぎ澄まされたと考えることもできる。

●一定規模以上の建造物や敷地をもつものを離宮、小規模なものは御用邸と呼ばれている。

●京都には、桂離宮・修学院離宮のほかに、二条離宮と鳥羽離宮があった。二条離宮は明治以降徳川幕府から明治政府宮内省の所管になった二条城を一時期二条離宮と改称したものである。鳥羽は平安京の南三キロメートルの辺りに位置し、風光明媚な場所として平安貴族たちに人気があった。藤原氏が鳥羽の別邸を白河上皇に献上してそれが鳥羽離宮のもととなり、後白河上皇の院政時代には政治の中心地ともなった。京都の離宮は政治と深い因縁がある。かつて存在した離宮は十か所ほどであるが、現在残っている皇室用財産としての離宮は、桂と修学院のみである。

9　英国の潮浴び学びし明治びと

ロンドンから南へ一時間ほど電車に乗るとブライトンという街に着く。イギリスでは数少ない海浜リゾート地として知られている。リゾート地だけにホテル、レストラン、エンターテイメント施設も多くある。ここにロイヤル・パヴィリオンと呼ばれるイギリス王室の離宮がある。日本人から見ると不思議な建物である。ブライトンは一七五〇年ごろ、医師のラッセルが健康のため世界で初めて海水浴を勧めた街として有名である。ここから海浜リゾートとして発展し、一七八三年にはリージェント王子（のちのジョージ四世）がブライトンを訪れてこの地を気に入り、農園の館を別荘として借りたのがロイヤル・パヴィリオンの始まりだという。一七八七年には古典様式にバロック様式を加え、一八一五年にはインド・イスラム・中国のスタイルを混合した独特のデザインの宮殿ができあがった。

アメリカ・ヨーロッパに派遣された岩倉使節団がブライトンを訪れたのが一八七二年（明治四年）である。その報告書『特命全権大使　米欧回覧実記』には、

「海岸ニテ、清気ヲ呼吸シ、海水ヲ浴シテ、皮膚ヲ収斂スルハ、健全ヲ保ツノ良薬タルコトヲ、或医師ノ発明ニヨリ、此地ノ繁昌トナレリ」

と書かれている。使節団の中に林董三郎という人がいたのだが、その兄の医師松本良順男爵は、海水浴の効用を説いて一八八五年（明治十八年）大磯に海水浴場を作っている。弟からブライトンの話を聞いたことは想像に難くない。大磯には政府要人や財閥創始者、皇室の別荘が多く作られた。吉田茂は大磯に別邸を構え、引退後も多くの政治家が「大磯参り」をしていたのはよく知られている。東京から大磯までは電車で一時間ほどである。ロンドンからブライトンまでの距離感と東京から大磯までの距離感は似ている。

ブライトンは、ＬＧＢＴのコミュニティーとしても有名である。街にはレインボーカラーのフラッグが目立ち、毎年八月にはプライド・パレードが行われ多くの観光客が集まり夏の大きなイベントとして根付いている。

そして、あのエルキュール・ポアロもブライトンを訪れている。『The Jewel Robbery at the Grand Metropolitan』では、医師であるヘイスティングスから疲労回復のために転地療養するように勧められ、リゾート地であるブライトンを訪ね、グランド・メトロポリタンホテルで事件に巻き込まれ、解決をするのである。

ブライトンといえば二〇一五年（平成二十七年）のラグビーワールドカップに触れないわけにはいかない。二〇一五年九月十九日十六時四十五分キックオフ。南アフリカＶＳ日本。過去二回優勝し、世界ランキング三位の南アフリカの勝利は誰もが予想するところだった。三点をリードされ残り時間わずかとなってから日本の逆転のトライ。34－32で日本が勝利したのである。「ブライトンの奇跡」と呼ばれ、多くの日本人がラグビーに目覚めた瞬間だった。

海辺、リゾート、離宮、エンターテイメント、スポーツと華やかな街であるが、ここには教育施設もある。ブライトン大学が代表格でありレベルも高い。全人口三十万人弱のうち約一四パーセントが学生であり、学生にとっては生活を楽しみながら勉強ができるハッピーな街である。

●久米邦武 編、田中彰 校注『特命全権大使　米欧回覧実記　（一）（二）』岩波書店　一九八二年

●大磯町の観光情報サイト・イソタビドットコム（http://www.town.oiso.kanagawa.jp/isotabi/index.html）に、海水浴場開設者松本順（良順より改名）の名前がある。

●Agatha Christie『MONSIEUR POIROT'S FILES ポアロの事件簿』講談社インターナショナル　一九九八年 …この本の中に収められている「The Jewel Robbery at the Grand Metropolitan」はデビッド・スーシェがポアロを演じるテレビドラマ「名探偵ポアロ」でも放送された。「Poirot, 'I said' a change of air would do you good.」と言われたポアロはブライトンへ行くのだが、療養せずに探偵仕事をしてしまうのである。

10　春を待ち博士論文書き終えし

五十一歳から三年間大学の博士課程に在籍し、社会人と学生の二足のわらじを履いた。私が学生時代を過ごした大学である。自分の子供の年代の若い学生たちと議論を交わすのはとても刺激的であった。日々実務を行っている社会人と学生が同じゼミで交流するのは社会人だけなく、学生にとっても刺激的だったのではないだろうか。もっと社会人が大学教育に関与すべきだと思った。大学院への入学試験は、研究テーマに関する口頭試問で行われた。十分ほどの時間で説明をし、複数の教授陣から矢継ぎ早に質問が飛ぶというスタイルだった。満足のいく回答ができなかった質問もありヒヤヒヤものだったが何とか合格通知が郵送されてきた時には、若きころの大学合格の喜びを思い出すことができた。

しかし、そこからが大変である。担当教授からは「査読付き論文を少なくとも三本は書くように」という指示があった。まず、その前に具体的な論文テーマを決めなければならない。あまりテーマを広げるととてつもない泥沼にはまり込む。担当教授の「六十代の人も数年前に博士論文を書き上げた」という言葉を頼りに、テーマを絞り込んだ。半年以上かかったと記憶している。若い大学院生とペアを組んで、教授の指導を受けながら論文を書いていく。査読付きということになると、一度書いた論文に対し「論理が飛躍している」「研究の目的と合致していない」「このデータからはこのような結論は引き出せない」など、手厳しい指摘が文章で届く。それを受けて、論理矛盾の解消・データの見直しなど、再度修正を行って提出する。査読員は三人いて二人が不可をつけると査読の対象にもならなくなるというようなルールだった。幸いにも査読対象外になることもなく、何とか一本目が完了した時は、結構疲れたが充実感もあった。二本目、三本目、結局四本の査読付き論文を書いた。その四本をひとつの論文として再構築し、博士論文を書き上げた。

謝辞では、厳しくも丁寧な指導をしていただいた指導教授への感謝はもちろんだが「いかなる困難の時も温かい励ましを下さった会社の先輩・同僚・後輩の方々、そしてあらゆる面で支えてくれた妻と長男に心から感謝の気持ちを捧げます」と本音で記載した。会社へ通いながら大学へ通うのは確かに周囲の大きな理解が必要である。社会的な仕組みとして制度を充実させるには社会全体で人材育成を担うという観点が必要である。社会人として一定の年限を過ごした後、再度大学で刺激を受けることで、社会人にとっても学生にとっても、もう少し言えば会社や社会にとっても、好ましい状況が生まれるのだと思う。

私が学部生として学んでいた当時、大学は街の中にあって周辺も賑わいがあったが、今では大学も郊外に移転している。博士課程のゼミはその郊外キャンパスで行われた。周辺には住宅しかなく学生街という風景とは無縁の場所だった。居酒屋もなく社会との隔離感は半端ではなかった。社会や人、環境の猥雑感が、大学らしい独自の学風を生み出すエネルギーだと思うのだが……。

ちなみに、五十一歳からの大学院生時代には学割が使えていた。

●博士論文を書くのに年齢はない。むしろ、社会人として仕事をしたという経験が、学生とは異なった観点からの論文を書かせる。大学の先生たちの中には、実務経験からのアプローチはアカデミックな観点とは違うのではないか、したがって博士論文に馴染まないのではないか、という意見を持つ方もおられる。しかし、研究の多様性という意味では実務経験からのアプローチも必要なのではないかと思うのである。

●金子元久「社会人大学院の課題と展望」（『カレッジマネジメント151』二〇〇八年）によると、二十一歳〜二十四歳の成人の大学院就学率は日本二・四四％パーセント、アメリカ二・四九パーセントと差はないが、二十五歳〜二十九歳で〇・五四パーセントと四・〇〇パーセント、三十歳〜三十九歳で〇・一六パーセントと一・六五パーセント、四十歳〜六十歳で〇・〇四パーセントと〇・五三パーセントと大きな差がついている。職業人の潜在的な知識需要を顕在化させる社会的な仕組みが必要であると述べている。

11　暮れる古都 Alice's Shop の白ウサギ

私が卒業した大学は、日本では大学が多くある街として知られる都市にある。市の人口の約一〇パーセントは学生だといい、その数値は日本一だという。イギリスにオックスフォードという街があるが、この街も大学の街である。市域人口約十六万人。オックスフォード大学の学部生約一万二千人、大学院生約一万二千人、合わせると人口の約十五パーセントが一つの大学の学生で占められている。約四十のコレッジ（学寮）があり、大聖堂を持つクライスト・チャーチ・コレッジ、今上陛下が留学したマートン・コレッジなどが著名である。小池滋の『イギリス文学探訪』には「教育の一番大切な部分は、先生と一人ないし少数の学生とが面接して行う授業で、これが絶対必修、講義に出ることは必ずしも義務ではありません。」「教育の内容は知識の詰め込みよりは個性の尊重、個人能力を引き出すことで、エデュケイションという言葉が『中から引き出す』。内のものを導き出すという意味のラテン語から出ていることからもわかるように、これこそが教育の理想でしょう。」とあり、コレッジではその伝統が守られている。キリスト教の聖職者を養成することを主たる目的として、オックスフォード大学が創立されたのは十二世紀。日本では鎌倉幕府ができたころである。

ロンドンのパディントン駅から電車に一時間ほど乗るとオックスフォードに着く。こぢんまりとした落ち着きのある街で、クライスト・チャーチにも歩いて数分でたどり着く。ここにはハリー・ポッターの魔法学校の食堂のモデルになったグランド・ホールがあり、内部を見ることもできる。いかにも魔法学校らしい荘厳さと陰影を持ったホールである。近くに古い小さな店があり、看板には Alice's Shop と書いてある。なぜこんなところにと思ったが、「不思議の国のアリス」（一八六五年）、「鏡の国のアリス」（一八七一年）の作者であるルイス・キャロルが、オックスフォードのクライスト・チャーチ・コレッジを一八五四年に卒業し、その後二十六年間を同校の数学の教授として勤めていたこと、キャロルが同僚の娘であるアリスに話したことを本にまとめたのがアリスのお話であることを知ると納得がいった。この店はキャロルがいたころには雑貨やお菓子を扱う店として存在し、キャロルもアリスと一緒によくお菓子を買いにきていたらしい。今では多くのアリスファンがこの店に立ち寄る。ここで買った二枚の小さなタイル画が我が家のリビングの壁を飾っているのだが、一枚はアリスの絵で、もう一枚は白ウサギである。白ウサギは『不思議の国のアリス』の冒頭で登場し、「まずい！　まずい！　遅刻だぁ！」と言いながらウサギの穴に飛び込んで、アリスを不思議な国へ導く重要な役どころである。クライスト・チャーチは今でも樹木が多いので、当時はウサギが穴に飛び込む風景はよく見られていたのだろう。このほかにも『ホビットの冒険』（一九三七年）や『指輪物語』（一九五四年）のJ・R・R・トールキン、『ナルニア国物語』（一九五〇年）のC・S・ルイスもオックスフォードで教鞭をとっていたというから、ファンタジックな物語を生み出すのにオックスフォードの歴史や空気が一役買ったのは間違いない。

●小池滋『イギリス文学探訪』日本放送出版協会　二〇〇六年
●ルイス・キャロル、河合祥一郎訳『不思議の国のアリス』KADOKAWA　二〇一〇年…

「（前略）できたばかりの　不思議の話、見るもの聞くもの　奇々怪々。鳥や獣と　おしゃべりはずむ、きっとあるよね　そんな世界。」ボートを漕ぎながら三人娘に語った即興の話からこの話ができあがった。ルイス・キャロルはペンネームで、本名はチャールズ・ラトウィッジ・ドジソン。

『イギリス文学探訪』に、小池滋は「ドジソン先生は大変な恥ずかしがり屋で内向的な性格、ひと前ではすぐにどもって口もきけない人でしたが、子供が相手だと気が楽になってすらすら話せたといいます。」と書いている。

12　風光る子供のまなこミロを聞く

オックスフォードで買った我が家の小さなタイル画はアリスや白うさぎの絵がプリントされたものだが、仕事で、ある建物の屋外広場の床にモザイクタイルをかなり広く使ったことがある。イタリアはミラノからタイル貼り職人に来てもらってモザイクタイルで床を仕上げた。デザインも仕上がりも日本のテイストとは違う深みのあるものになった。ミラノのビットリオ・エマヌエル二世アーケードのような床を作ろうという目論見だった。イタリアの職人は時間的にゆったりしているので工期が遅れるのではないかと心配だったが、「南はのんびりしているがミラノは違う」と、イタリアでも北にあるミラノの職人たちはそのプライドを示してくれたのである。

モザイクタイルで思い出すのは、スペインはバルセロナのグエル公園である。もっともこの事業は六十戸の分譲住宅として企画されたというから、事業としては失敗だったらしい。なにしろ住宅を買ったのは事業主であるグエルと設計者のガウディの二人だけだったのである。今は世界遺産として多くの人たちに知られている。スペインの明るい日差しの中で、鮮やかな色使いのモザイクタイルの模様が至る所に散りばめられている。階段の途中にあるオオトカゲは愛らしい目で訪れる人を迎えてくれる。感性溢れる色使いである。大人はもちろんだが、子供たちの無垢な心を楽しませ、弾ませているのである。小さなころからこのような風景を日常的に見て育つ子供たちの色や明るさに対する感性は、スペインの大切な資産である。同じことをバルセロナのミロ美術館でも感じた。赤・青・黄・緑・黒・白、ミロの独特のはっきりとした色使いの彫刻や絵などを前にして、小さな子供たちのグループが専門家である学芸員や先生たちの話を熱心に聞いていた。芸術性や作品生はわからなくても、小さい時に見た名作は心に残るはずである。

小学生のころ初めて映画館で見た名作を今でも覚えている。一九三六年から三年間続くスペイン内戦を背景としたヘミングウェイの『誰がために鐘は鳴る』だった。骨折をしたゲーリー・クーパーがイングリッド・バーグマンたちを逃し、最後の言葉を残しながら銃を撃つシーン。ゲーリー・クーパーのブルーの眼が印象的だった。アメリカ公開は一九四三年（昭和十八年）、日本公開は一九五二年（昭和二十七年）であるから、私が仙台で母に連れられて見たのは日本公開から十五年以上たってリバイバル作品として上映されていたものだと思う。

スペイン内戦でフランコ率いる反乱派が勝利を収め、その後一九七六年までスペインでは独裁政治が続く。このスペイン内戦でガウディのサグラダ・ファミリアの設計図は多くが消失したが、外観の大まかなデッサンと残されたわずかな資料をもとに建設が続けられている。私が建設途上のサグラダ・ファミリアを見たのは一九九三年（平成五年）であるが、その壮大さと遠大な建設計画、ガウディの死後建設を引き継いだ社会的なエネルギーと現場の人たちの努力に驚いたものである。完成目標は、ガウディ没後一〇〇年の二〇二六年、あと五年である。ふたたび行ってみたいという思いが募ってくる。

●アーネスト・ヘミングウェイ、大久保康雄 訳『誰がために鐘は鳴る 上・下』新潮社　二〇〇七年…「『ロベルト』とマリアはふりかえって叫んだ。『あたしも残りたい！』『ぼくは君といっしょなんだ』とロバート・ジョーダンは叫んだ。『ぼくは今君といっしょなんだ。そこに、ぼくらはふたりともいるんだ。行ってくれ』」映画の最後のシーンは原作とほぼ一緒である。思い出すと今でも涙が溢れそうになる。そして、ロバートは死を前にして独白する。「おまえは幸運者だ。と彼は自分に言って聞かせた。こんなにいい生涯を送ることができたのだから。」と。

13　ギムレット大人のふりする冬隣

ヘミングウェイはハードボイルドの原点であると言われている。簡潔で客観的な文体で記述する手法や文体をハードボイルドというが、特にヘミングウェイの短編には簡潔文体が多く、ダシール・ハメットやレイモンド・チャンドラーへと続く文体として位置付けられている。行動的で非情な主人公が活躍するサスペンスやミステリーの文体である。

レイモンド・チャンドラーのフィリップ・マーロウは、ハードボイルド小説の主人公の代表格である。小説や映画の世界でのみ許されるようなセリフが出てくるが、それでもいずれも妙に説得力のある言葉である。

『プレイバック』での「タフでなければ生きていけない。優しくなければ生きている資格がない」は大変有名である。

『長いお別れ』の中で、テリー・レノックスが、

「ぼくは店をあけたばかりのバーが好きなんだ。店の中の空気がまだきれいで、冷たくて、何もかもぴかぴかに光っていて、バーテンが鏡に向かって、ネクタイがまがっていないか、髪が乱れていないかを確かめている。酒のびんがきれいにならび、グラスが美しく光って、

客を待っているバーテンがその晩の最初の一杯をふって、きれいなマットの上におき、折りたたんだ小さなナプキンをそえる。それをゆっくり味わう。静かなバーでの最初の一杯――こんな素晴らしいものはないぜ」

と言い、マーロウは彼に静かで短い賛意を示すのである。レノックスの普段の生活ぶりとは異なるイメージや、マーロウの短い賛意に込められたレノックスに対する思いやりや友情を読み取ることができる。文句のつけようがない。

マーロウは、小説の中でギムレットをよく飲んでいた。私も若いころ、それを真似してバーではギムレットを注文していた恥ずかしい時期があった。チャンドラーは『長いお別れ』の中でレノックスにギムレットの作り方を語らせる。

「ライムかレモンのジュースをジンとまぜて、砂糖とビターを入れれば、ギムレットができると思っている。ほんとのギムレットはジンとローズのライム・ジュースを半分ずつ、ほかには何も入れないんだ。マルティニなんかとてもかなわない」

ちなみにレノックスはこの小説のマーロウと並ぶ主人公である。小説の最後「ギムレットにはまだ早すぎるね」という決め台詞。最初に出てくるギムレットが二人の友情の伏線になっているところも何とも心憎いのである。多くの人がチャンドラーの傑作としてこの『長いお別れ』（一九五三年）と『大いなる眠り』（一九三九年）、『さらば愛しき女よ』（一九四〇年）を挙げている。

作品は映画化され、何人かの俳優がマーロウを演じているが、やはり私はハンフリー・ボガードだろうか。彼が映画『カサブランカ』（一九四二年）でも愛情と友情を大切にする渋い役を演じているのはご存じの通りである。「その曲は弾くなと言っただろ」「世界中に星の数ほど酒場はあるのに、なぜ俺の店に来たんだ」「君の瞳に乾杯」「これは新しい友情の始まりだ」書いているだけでも楽しくなる。名優たちの演技、ストーリー、音楽、名セリフ、映像が一つになって頭の中心に入り込んでくる。おおよそ八十年前の映画なのに今でも輝いている映画である。

●和田誠『お楽しみはこれからだ　映画の名ゼリフ』文藝春秋　一九七五年…映画の名ゼリフ満載の嬉しい本である。全部で七冊書かれていて、手元には三冊ある。タイトルにもなっている「お楽しみはこれからだ」は映画「ジョルスン物語」のセリフである。原文は「You ain't heard nothing yet!」素晴らしい翻訳である。
●レイモンド・チャンドラー、清水俊二訳『長いお別れ』早川書房　一九八六年…チャンドラーの小説を多く翻訳している清水俊二は、「あとがきに代えて」で、「文章についていえば、僕がもし英語教師なら教科書に使いたいほど含蓄があるので」とその魅力を語っている。

14　雄しべ摘むカサブランカの艶悲し

カサブランカは映画も有名だが、ユリの種類としても有名である。スペイン語で白い家。花言葉は八つ。「高貴」「純粋」「無垢」「威厳」「祝福」「壮大な美しさ」「雄大な愛」「甘美」。数種類の色があるのだが、やはりその名前の通り白色が優雅である。真っ白の大きな花弁で、強い香りを持つ。ユリの女王といっても過言ではないだろう。カサブランカは一九七五年にアメリカで交配され、その後オランダに渡って品種が固定され一九八四年にデビューを果たした。オランダでは交配したり固定させたりした植物には都市の名前がつけられることが多く、この白い花もモロッコのカサブランカの名前が付けられたという。この花に配合された日本のユリがタモトユリである。

カサブランカの最大の特徴である大きな花弁や強い香りは、タモトユリの特性を継いでいる。タモトユリの学名は Lilium nobilissimum「最も高貴なユリ」。一九九五年（平成七年）九月十一日の朝日新聞によると、タモトユリは鹿児島から南南西へ約二〇〇キロの口之島だけに自生していた純白のユリであった。江戸時代には、毎年幕府に献上されていたという。

「昔は、船から絶壁を見上げると、真っ白いユリがそれは見事に咲いていた。香りで、むせるほどだった。」

という漁師の話も紹介されている。戦後、欧米の業者がこれに目をつけて、破格の値段で買い取ったらしい。島の戦後の経済的な厳しさにつけ込んで、買いあさったのである。多くの島民が絶壁の危険を顧みず、球根を採取し原種のタモトユリは絶滅してしまった。命綱に捕まって、採取した球根を袂に入れる。ここからタモトユリの名前が始まった。朝日新聞は「悲しい花の物語」として紹介をしている。タモトユリ復活を目指して活動が行われているが、咲いた花は昔のタモトユリとは微妙に違うらしい。道は険しい。カサブランカを見ると、この話が思い浮かぶ。

花に関してはオランダが世界一である。アムステルダムにはアールスメールという大きな花市場がある。スキポール空港に近く、面積はおよそ一〇〇万平方メートルで世界最大の花市場と言われている。私が行った時のパンフレットには七五万平方メートルの記載があったので、その後もかなり増築されたのだろう。見たこともない花が溢れている。世界から花が集まり、世界へ花が運ばれる。市内の花屋を何軒か覗いたが、花の値段が安い。世界みんな日常的に花を買う。花が生活に根付いているのである。

しかし、このオランダも花に関しては苦い歴史も持っている。俗に言う「チューリップ・バブル」である。現物売買だけでなく「買う権利」を取引する「コール・オプション」という金融商品まで生み出した。一六三六年から一六三七年にかけて、わずか数か月でチューリップの球根価格が急騰。その後、価格は急落し、コール・オプションの履行拒否が起こる。政府までもが救済に乗り出したが価格急落は止まらない。オランダにも「悲しい花の物語」があった。ガルブレイスの『バブルの物語』によれば、チューリップ・バブルの原因は、ご多分に漏れず「大衆的幻想と群衆の狂気」だというから、「悲しい花の物語」というより「悲しい人の物語」と言うべきかもしれない。

●「美しさゆえ乱掘・絶滅　カサブランカの原種、鹿児島のタモトユリ」朝日新聞　一九九五年九月十一日夕刊

●ジョン・K・ガルブレイス、鈴木哲太郎 訳『バブルの物語』ダイヤモンド社　二〇〇八年…原題は「A SHORT STORY OF FINANCIAL EUPHORIA」。EUPHORIA は本の帯には「陶酔的熱病」と訳されている。ガルブレイスは「頭脳に極度の変調をきたすほどの陶酔的熱病は繰り返し起こる現象であり、それにとりつかれた個人、企業、経済界全体を危険にさらすものだ。」と警告している。一六三六年、オランダではこの陶酔的熱病が流行したのだが、決してチューリップのせいではない。

15　青色と睦まじき月フェルメール

オランダは日本にとって、いや江戸幕府にとってと言うべきだろうか、面白い国である。オランダは商人の国であった。イギリスやスペイン、ポルトガルなどのカトリック教国とは違っていた。

司馬遼太郎はそのあたりを『オランダ紀行』で、

「十六世紀、かれら（商人）のために興ったのが、プロテスタンティズム（新教）であった。（中略）河口にいるオランダ人のほとんどが、自律と勤勉をたたえる新教徒になったのは当然といっていい。」

と書いた。カトリック教国が貿易と布教とを一体と考えていたのに対し、オランダは貿易という商売だけが狙いだった。江戸幕府はカトリックの布教活動の先にある危機を明確に把握していた。結局、ヨーロッパ諸国の中ではオランダだけが日本との貿易を行うことに成功したのだ。

司馬は、同書でこうも書く。

「物事を組織的にやるという、こんにちの巨大ビジネスのやり方をあみだしたのは十七世紀のオランダであり、十八世紀はじめの英国は、それをいわばまねたにすぎないとさえいえそうである。十八世紀以降の英国は、巨大ビジネスの能力によって繁栄をきずくのだが、その先駆者はオランダだったろう。」

長崎に出島ができたのが一六三四年（寛永十一年）。その後一六四一年（寛永十八年）から一八五九年（安政六年）までの間、オランダはアムステルダムに本拠を構える東インド会社を通じて日蘭貿易を行った。フェルメールが活躍したのが一六五〇年代後半から一六七〇年ごろであるから、彼の身の回りに日本との交易品があっても不思議ではない。パトロンたちはおそらく日本からの交易品にも興味を持ったであろう。フェルメールの絵には日本の着物をまとった人物が何人か描かれているとも言われており、当時のオランダの経済的な豊かさが、日本からの交易品を知識階級や芸術家・資産家にもたらしたと考えられるのである。着物はJaponse rokと呼ばれ人気を博したようである。また、彼の故郷であるデルフトには、日本の伊万里焼きが持ち込まれ、デルフト・ブルーと言われる陶器にも影響を与えている。

八重洲という地名の元となったヤン・ヨーステンもデルフトの出身である。彼は航海士として船に乗り込み一六〇〇年（慶長五年）に豊後に漂着。徳川家康に気に入られ江戸に住み日本人女性と結婚もした。フェルメールが活躍するころには亡くなっている。

デルフトの人口は今でこそ十万人程度だが、フェルメールが画を描いていたころの人口約二万人からすると、パトロンたちと繋がりもあるフェルメールの耳には、同郷の人間が昔、日本に行ったという話が聞こえていたかもしれない。オランダ全体が世界に目を向けて躍動していた時代である。一六五四年、デルフトで軍の火薬庫が爆発し街の四分の一が吹き飛び、多くの人が亡くなるという出来事があった。フェルメールは一六六〇年から一六六一年にかけて「デルフトの眺望」を描いた。事故に遭わなかった美しい町の部分を絵に残そうとしたのかもしれない。

寡作の画家だったフェルメールの風景画は、これ以外に同じくデルフトの街を描いた「小路」の二点のみである。心からデルフトを愛し、生涯デルフトを離れることはなかったが、不遇な晩年を過ごして四十二歳の若さで亡くなった。

●司馬遼太郎『街道をゆく（35）オランダ紀行』朝日新聞出版　一九九四年

●田中英道『誰も語らなかったフェルメールと日本』勉誠出版　二〇一九年　…この本は、「フェルメールの最も人気のある『真珠の首飾りの少女』は、確かに真珠が目を惹きつけますが、それればかりではなく、後ろの襟から見ても、これが日本の着物であることがわかります。」という文章で始まっている。

16　風渡る Iron の上の橋涼み

オランダは、また洪水の国でもある。なにせ、国土の半分以上は水没の可能性を孕んだ地域である。国名を示す Nederland も「低地の国」を意味するという。これまでも海や川から数多くの洪水が起きている。オランダの風車は水を汲み出すポンプの動力を作る施設でもあった。大堤防の建設や河口の封鎖など、多くの土木構造物が造られ続けてきた。ロッテルダムのメスラントケリンクは世界最大の可動堰としても有名であり、見ておきたいものの一つである。近年は、水を止めるから水を貯める（ためのスペース作り）という発想を加え、「Room for the river」という考え方が採られているという。自然生態系や景観などへの配慮である。

イギリスに Iron Bridge という橋がある。その名の通り鉄の橋であり、土木構造物である。しかし、風景との馴染みや歴史的な存在感、鋳鉄で作られた繊細な形から見て、その鉄の橋は土木構造物という硬い感じはしない。エレガントとさえ表現できる。世界遺産になっている。この地域はイギリスの製鉄業が始まったところであり、産業革命発祥の地とも言える。鉱山があり、燃料となる木々もあり、峡谷は水車を回す動力となっていた。石炭や製品の輸送のために峡谷を渡る橋が必要だった。一七八一年にIron Bridgeが開通し、今では町の名前もアイアンブリッジとなっている。近くには峡谷博物館や製鉄業を行っていたダービー・ハウスなどの施設があり、観光客も多い。正式名称は昔の地名をとってコールブルックデール橋であるが、イギリス人は愛称をつけることが得意である。愛称をつけられるということはイギリス人に認められているということなのである。

京都に琵琶湖疏水がある。京都近代化の礎となった疏水で、これも土木構造物である。第一疎水が一八九〇年（明治二十三年）、第二疏水が一九一二年（明治四十五年）に完成した。東京遷都の後、京都活性化の手段として琵琶湖の水を京都に引き入れて水運・上水道・灌漑・水力発電への活用を目指したもので、京都を大いに元気にしたのである。東山自然緑地や蹴上インクライン・琵琶湖疏水記念館など、今でも散策ができる場所が多いが、我々がテレビドラマでよく目にするのは南禅寺境内にあるアーチを持つレンガ造りの琵琶湖疏水分線である。よく南禅寺境内を通すことができたものだと思うが、それだけ重要な計画だったのであろう。デザインはシンプルではあるが、レンガ面には装飾も施されている。青葉のころも紅葉のころも絵になる風景として私たちの目を楽しませてくれている。この琵琶湖疏水分線の名称は水路閣であるが、このクラシカルな名前が京都によく馴染んでいる。土木構造物の意義と生態系や景観、そしてそこに暮らす人々の愛着とは決して相反するものではないという事例は、Iron Bridgeや水路閣以外にもたくさんあるのだろう。東北を襲った津波のあとのまちづくりにも、人々の生活に馴染み地元の人々から愛称がつけられるような土木構造物ができると良いと思う。武田信玄は堤防や聖牛（水を制御する仕組み）や将棋頭（水の勢いを弱める仕組み）などを使って、笛吹川や釜無川・御勅使《みだい》川《がわ》などの治水を行った。この治水土木は信玄堤と呼ばれて今でも親しまれている。

●橋は、石もしくは木で造るというのが当たり前の時代、世界で初めて鉄で造られたのがこのアイアンブリッジである。アーチ形状になっているのは石造りの構法からきている。鉄は強度があって優れた材料であることは知られていたが大変高価であった。コークスで鉄鉱石から鉄を作り出す技術ができて安価な製鉄技術が確立されると産業革命が一気に進んだのである。イギリスで初めて世界遺産に指定されたものの一つである。私が行ったのは、二〇一五年の夏である。橋の手前には「TABLE of TOLLS」が表示されていた。昔は通行が有料だったのである。人や馬車や動物の種類によって値段が決まっていたようである。全長六〇メートルの鋳鉄製アーチ橋である。トーマス・プリチャードの設計、製鉄業者のエイブラハム・ダービーによって施工された。ダービー社が多くの資金負担をしており、いつでも誰でも通行可能であった。今は、人だけの通行となっている。

17　南禅寺西洋の水路に青紅葉

琵琶湖疎水の建設については多くの反対があった。福澤諭吉も琵琶湖疏水の計画、とりわけ水路閣については強く反発した。一八九二年（明治二十五年）五月十三日の時事新報で「京都の神社仏閣」と題して「日本國は世界の遊園にして、京都は其遊園中の遊園なり。既に天然の山水風致に富み、又これに加ふるに百千年來の神社佛閣を以てし、人力を以て造る可らず、金銭を以て買ふ可らず、」と書き始め、

「我輩は今日疏水工事の不首尾を見て、不首尾なるが故に之を咎るに非ず。（中略）豫期の通りに利益あらしむるも、之に賛成するを得ざるものなり。（中略）永遠に一府繁盛の利を空ふするは、今の府民が後世子孫に對して義務を盡さざるものなれば、如何様にも方法を設けて景勝維持の事に着手せんこと、我輩の飽くまでも勸告する所なり。」

と厳しい。不首尾が何を指すのかははっきりとは書いていないが、おそらく水路閣であろう。京都の神社仏閣というタイトルや景勝維持という表現から見ても想像に難くない。南禅寺という京都を代表する古刹のなかに西洋式の水路を通すことは景観上問題があるという考え方である。

当初、京都府は別の場所をトンネル形式で通す予定であったが、その場所に天皇陵があることがわかりストップがかかった。時事新報の記事は一八九〇年（明治二十三年）の水路閣完成後の発行だから、実際の水路閣を見て記事を書いたのであろう。

福沢は、一八六〇年（安政六年）二十五歳の時にアメリカへ、一八六二年（文久元年）二十七歳の時に欧州を訪れていて、欧米の先進技術や社会システムを見て、書物や資料なども大量に持ち帰っている。そして一八六六年（慶応元年）には『西洋事情』を表した。この本を読む限りは欧米の政治システムや技術的進歩に驚いているばかりであるが、心中では近代化の負の部分も感じていたのではないだろうか。

一八七六年（明治九年）の『学問のすゝめ』「第十五篇　事物を疑って取捨を断ずる事」において、

「西洋の文明固より慕うべし、これを慕いこれに倣わんとして日もまた足らずと雖ども、軽々これを信ずるは信ぜざるの優に若かず。彼の富強はまことに羨むべしと雖ども、その人民の貧富不平均の弊をも兼ねてこれに倣うべからず。」

と書いている。西洋だから、新しいものだから良いと判断してはいけない。社会や組織は表面的なことだけではなくもっと幅広い観点から議論をして学び「取捨を断ずる事」が必要だという論を水路閣で展開したのだろう。

一八九四年（明治二十七年）には故郷の中津にある耶馬渓の環境をまもるために、自らの資金で土地を購入している。自分の故郷ということもあって中津では具体的な行動をとったのである。英国で「National Trust（for Places of Historic Interest or Natural Beauty）」ができる一年前である。歴史的景観あるいは自然景観を守ることは長年の強い思いで、それが外国人の来訪つまり観光産業にも繋がると考えていたようである。「京都の神社仏閣」の記事を書いた翌日、五月十四日には「日本國を樂郷として外客を導き來る可し」というタイトルで時事新報に記事を書いている。日本は「山水明媚、氣候溫和、人情優美にして絶えて危険なく、工藝巧にして物價亦高からず、（中略）今は世界中の極樂園と稱せられ」とえらく誉めあげている。

●福沢諭吉『福沢諭吉全集13』岩波書店　一九七〇年　…一八九二年五月十三日・五月十四日　時事新報記事
●福沢諭吉『学問のすゝめ』岩波書店　一九七八年
●福沢諭吉、マリオン・ソシエ・西川俊作 編『西洋事情』慶應義塾大学出版会　二〇〇九年　…冒頭「徒に世間海防家の口吻に云えるが如き、彼を知て後に彼を伐たんとするのみの趣旨には非るなり。」と書いている。

18　母思うミンスパイ焼くクリスマス

「National Trust」と切っても切れないのが、美しい風景が連続するイギリスの湖水地方とビアトリクス・ポターである。ポターはここを舞台にして『ピーターラビット』のおはなしを書いた。

「あることろに、4ひきの小さなうさぎがいました。フロプシーにモプシーにカトンテールにピーターと言いました。小うさぎたちは　おかあさんといっしょに　大きなもみの木のしたの　すなのあなのなかにすんでいました。あるあさ　おかあさんが　いいました。『さあ　おまえたち、野はらか　森のみちであそんでおいで。でも、おひゃくしょうのマグレガーさんとこの　はたけにだけはいっちゃいけませんよ。おまえたちの　おとうさんは、あそこで　じこにあって、マグレガーさんのおくさんに　にくのパイにされてしまったんです』」

と、童話らしからぬ書き出しで始まる。ピーターラビットの日本の公式HPには「ビアトリクスの描いたキャラクターたち」というページがあり、ピーターラビットやその姉妹、おかあさん、ベンジャミン・バニー、子猫のトムなどの可愛らしい姿が描かれている。その中にピーターのお父さんとして紹介されているのはパイの絵である。括弧書きで（put in a pie by Mrs. McGregor）となっている。

ミートパイはイギリスの伝統料理となっているが、フランスは、元祖はフランスだと主張している。欧米各国で食べられていたのだろう。それでも、ミートパイを食べる時にはピーターラビットのお父さんの話は思い出したくないものである。イギリスではクリスマスにミンスミートパイというお菓子を食べる習慣がある。昔は肉も使っていたようであるが、今ではリンゴやブドウ、アプリコット、レモンなどを粗いみじん切りにしたミンスミートをパイ生地に詰めてオーブンで焼き上げる。ミンスパイとも呼ばれている。ミンスはミンチの語源で細かくするという意味。日本でもミンチは馴染みの言葉である。初期のころはキリストのゆりかごを真似て作られていたが、今では小さく食べやすいサイズで作られる。十二月二十五日のクリスマスから毎日一つずつ十二個食べると新年に幸せが訪れるという言い伝えがある。ヘレン・フィールディングの『ブリジッド・ジョーンズの日記』、十二月四日のページには、以下のような記述がある。

「ふと気づくと、なぜかクリスマス・ツリーや炉端での一家団欒、クリスマス・キャロル、ミンス・パイ等々のことを考えていた。しばらくして、その理由がわかった。入口そばの、いつもはパンの焼けるにおいを送り出している換気口から、今日はミンス・パイの焼けるにおいが流れ出していたのだ。」

楽しいクリスマスを家族と過ごさなければならない悲しみと幸せが彼女の中で混ざり合っている。ミンスパイの焼ける匂いが彼女を複雑な気持ちにさせたのである。ミンスパイは家庭の味なのである。

日本の新年の幸ある和菓子は花びら餅である。ごぼうと桃色の餅、白味噌を白餅で包んだもので、裏千家の初釜でお馴染みである。初春を迎える清々しさが、その品の良い色合いと形にあらわれている。ブリジット・ジョーンズに食べさせてあげたい。

●ビアトリクス・ポター、いしいももこ 訳『ピーターラビットのおはなし』福音館書店　一九七一年…ポターは今でいうグッズ販売や著作権管理などビジネスの才もあった。その収益は湖水地方を保護するために使われた。

●「ピーターラビット日本公式サイト」http://www.peterrabbit-japan.com/　…ピーターのお父さんの話は、現実を教えたいというポターの思いだったらしい。

●ヘレン・フィールディング、亀井よしこ 訳『ブリジット・ジョーンズの日記』ソニー・マガジンズ　二〇〇一年

19　いただいた箱すぐ開けし栗羊羹

和菓子の中でも羊羹は秀逸である。明治の文豪もその美しさに魅せられている。夏目漱石は『草枕』で、

「余は全ての菓子のうちで最も羊羹が好きだ。べつだん食いたくはないが、あの肌合《はだあ》いが滑《なめ》らかに、緻密《ちみつ》に、しかも半透明に光線を受けるぐあいは、どう見ても一個の美術品だ。ことに青味《あおみ》を帯びた練り上げ方は、玉《ぎょく》と蝋石《ろうせき》の雑種のようで、はなはだ見て心持ちがいい。のみならず青磁の皿に盛られた青い練り羊羹は、青磁のなかから今生まれたようにつやつやして、思わず手を出してなでてみたくなる。西洋の菓子で、これほど快感を与えるものは一つもない。」

と書き、谷崎潤一郎も『陰翳礼讃』でその美しさを、

「玉《ぎょく》のように半透明に曇った肌が、奥の方まで日の光を吸い取って夢みる如きほの明るさを啣んでいる感じ、あの色あいの深さ、複雑さは、西洋の菓子には絶対に見られない。(中略)だがその羊羹の色あいも、あれを塗り物の菓子器に入れて、肌の色が辛うじて見分けられる暗がりへ沈めると、ひとしお瞑想的になる。人はあの冷たく滑らかなものを口

中にふくむ時、あたかも室内の暗黒が一箇の甘い塊になって舌の先で融けるのを感じ、ほんとうはそう旨くない羊羹でも、味に異様な深みが添わるように思う。」

と絶賛する。

羊羹はそれほどまでに美しいのか。文豪たちの文章をみると、漱石は「べつだん食いたくはないが」、谷崎は「ほんとうはそう旨くない羊羹でも」とさらっと書いているのが微妙である。味よりも見た目の神秘性が評価されているが、ここで極上の羊羹を思い浮かべることにする。

中まで透き通っていないのだが、やはり透き通っている。そして、その奥に封じ込められている深い甘みに思いが至る。口に近づけると小豆の甘味が嗅覚をもゆっくりと覚醒させる。硬すぎることもなく、軟らかすぎることもない、程よい噛みごたえがしばらく続く。喉を越すときには名残を惜しむかのように甘い余韻がほのかに残る。洋菓子には真似のできない柔らかくうつろう甘味の連なりである。少し厚めの一切れで我慢をして、極上の濃いお茶と一緒に味わうのが良い。

……やはり、美しさやおいしさを表現するのは難しい。

また、夏目漱石は『草枕』で、「あの流儀のある茶」のことは良く書いていないが、普通のお茶の素晴らしさには熱を込めて触れている。

「茶碗を下へ置かないで、そのまま口へつけた。濃く甘く、湯加減《ゆかげん》に出た、重い露を、舌の先へ一しずくずつ落として味わってみるのは閑人適意《かんじんてきい》の韻事《いんじ》である。普通の人は茶を飲むものと心得ているが、あれは間違《まちが》いだ。舌頭《ぜっとう》へポタリと載せて、清いものが四方へ散れば咽喉《のど》へ下るべき液はほとんどない。ただ馥郁《ふくいく》たる匂《におい》が食道から胃のなかにしみ渡るのみである。歯を用いるのは卑《いや》しい。水はあまりに軽い。玉露《ぎょくろ》に至っては濃《こま》やかなること、淡水の境《きょう》を脱して、顎《あご》を疲《つか》らすほどの硬《かた》さを知らず。結構な飲料である。」

玉露の滋味と香気を味わうには六〇度程度の低めの温度の湯を使うことが大切であり、高温の湯は苦味成分まで抽出してしまって味が落ちると言われている。浸出時間は二分である。

●夏目漱石『草枕』旺文社　一九七一年

●谷崎潤一郎『陰翳礼讃』中央公論社　一九七五年　…子供のころからヨーカンが嫌いだった吉行淳之介は解説でこのヨーカンのくだりについて、「そう言う段取りで口に入れたときにも、『この菓子は、やはり自分は嫌いだ』と思うだろう。それは個人の好みに属していて、どうでもいいことで、見事な一節であることには変わりはない。」と書いている。

20　雷鳴に耳ふさいでる stray sheep

夏目漱石の文章が素敵だ。『三四郎』に次のような一節がある。三四郎が熊本から上京する汽車の中で一人の男と話をする。その男は日本には富士山以外自慢するものがないと言う。そして続ける。

「『熊本より東京は広い。東京より日本は広い。日本より…』でちょっと切ったが、三四郎の顔を見ると耳を傾けている。『日本より頭の中の方が広いでしょう。』と言った。『とらわれちゃだめだ。いくら日本のためを思ったって贔屓の引き倒しになるばかりだ。』」

東京の学生生活を期待を持って思い描いている三四郎には、雷に打たれたような言葉だった。私の頭の中にも強く残っている文章である。漱石は一九〇〇年（明治三十三年）から三年間をロンドンで過ごした。三四郎を書いたのが一九〇八年（明治四十一年）であるから、帰国して五年目の作品である。ロンドンでは苦労をしたようであるが、海外を見て日本を考える機会にはなった。その思いが、先ほどの文章になっているのであろう。日露戦争を境に日本は変わったと言われている。明治の気概がなくなっていく流れの中で書かれた小説である。漱石もその辺りを感じていたに違いない。「偉大なる暗闇」や「stray sheep」など、時の日本をイメージした言葉が使われている。三四郎が恋心を抱く美禰子は、美しいだけでなく教養もあるがどことなく本質が掴めない不思議な個性を持っている。美禰子自身が日本の隠喩として使われているのかもしれない。結局、三四郎は失恋をしてしまうが、うがって考えるとこのことも先の隠喩を深みに導いているとみることもできる。勝手に深読みしたつもりになるのも面白い。

漱石というペンネームは、正岡子規から譲り受けたものらしい。中国の古書にいう「枕石漱流」から引かれている。ある人が「山奥で、石を枕に、清流で口を漱《すす》ぐという生活を送りたい」というところを間違えて、「石で口を漱ぎ、流れを枕にしよう」と言ってしまった。友人が逆ではないかと指摘すると、その人は「流れを枕にするのは穢れた耳を洗いたいから、石で口を漱ぐのは穢れた物を食べた歯を磨きたいから」と答えたことからきているそうだ。つまりは負け惜しみの強いことをさす言葉なのである。子規らしい、いや漱石らしいペンネームである。

子規も漱石も『坂の上の雲』に登場する。テレビドラマにもなって多くの人々に馴染みのある司馬遼太郎の小説である。日本が坂の上の雲を目指して、懸命に坂を登っている姿が群像として描かれている。子規も漱石もその群像の中にいた。子規や小説の主人公である秋山真之の故郷松山に、萬翠荘という西洋式の建物がある。松山城近くの丘の上に建てられている。国の重要文化財である。旧松山藩主の子孫である久松定謨《さだこと》伯爵の別邸として建築されたものである。設計は木子七郎。久松定謨はフランス留学経験者、木子七郎は欧米に視察に出かけ、この後愛媛県庁舎や松山商工会議所の設計も手がけている。萬翠荘ができたのは一九二二年（大正十一年）であるが、造った人たちは明治に育った気概のある人たちである。力のこもった建物である。

●夏目漱石『三四郎』旺文社　一九五二年…吉田精一は解説で「文明批評は、やはりこの作品の中核である。漱石は優れた文明批評家であった。」と書いている。三四郎が上京する汽車の中で会った男は、日露戦争後の日本に対する批判をして、三四郎を驚かせた。ロンドン生活を経験した漱石としては急激な西洋化のあとの日本社会の羅針盤の狂いが気になった。敏感な作家にとっては、方向の定まらない社会はstray sheepそのものだったのである。

●司馬遼太郎『坂の上の雲』文藝春秋社　二〇〇四年…「まことに小さな国が、開花期を迎えようとしている。」と書き始められる。そして「この物語の主人公は、あるいはこの時代の小さな日本ということになるかもしれないが、ともかくもわれわれは三人の人物の後を追わねばならない。」と続く。

21　焼松茸で一杯やりたいと山頭火

愛媛の名物に鯛めしがある。来島海峡は鯛の一本釣りが盛んだが、その天然鯛に勝るとも劣らない養殖鯛の生産量が愛媛は日本一なのである。うまい養殖鯛を作るために、養殖場の近くでエサの昆布を作って鯛にストレスを与えないようにしたり、極力鮮度を保つ締め方を考えたりと、生産者はさまざまな工夫をしている。宇和島の「鯛一郎くん」や愛南町の「ふかうら真鯛」が有名だという。春は桜鯛が綺麗でうまい。桜鯛は海外ではあまり見ない。日本の真鯛が赤みを帯びているのは、海老を餌として食べるからというが、よくわからない。確かにイギリスなどでお店に並ぶ鯛は黒っぽい平鯛《へだい》である。

話を鯛めしに戻す。同じ愛媛でも、松山と宇和島では鯛めしの食べ方が違う。松山の鯛めしはいわゆる鯛の炊き込みご飯。宇和島は鯛のお刺身をタレと卵にからめてご飯にかけて食べる。松山の大街道《おおかいどう》に「かどや」という店があり、お昼時に宇和島鯛めしの看板に惹かれて店に入った。本店は宇和島にあるらしい。鯛のお刺身とタレに卵の入った小鉢が別々に出てくる。店員が食べ方を教えてくれる。まずはタレと卵をかき混ぜる、その中に鯛のお刺身と薬味（シソの葉や胡麻、もっとも胡麻は最初からタレの中に入っている）を加えて漬けておく。温かいご飯をおひつからお茶碗に入れて、そこに漬け込んだ鯛と薬味をのせる。だし汁を好みの量かけて口に運ぶ。高級な卵かけごはんと言われているが、そんな単純なものではない。温かいご飯にダシと卵、シソや胡麻の大人の香りに、新鮮な締まった鯛の甘味が加わり口に海の幸が広がる。家で作れないことはないだろうが、やはり現地で食べたいところである。愛媛の言葉を聞きながら、一緒に愛媛の空気も食べるのだからやはり違う。

宇和島鯛めしのことを書いたが、松山のことも書かねばならない。愛媛県は松山県と宇和島県の二つからできたのだから。松山は俳句の街である。正岡子規とその弟子たちはもちろんだが、種田山頭火が晩年を過ごしたところとしても有名である。さまざまな試練があり困窮していた山頭火を温かく迎えたのが松山であった。山頭火は定型にとらわれない自由な形の俳句を詠んだ。松山に一草庵を結んだのはわずか一年だが地元の人たちには今でも愛されている。彼の日記から抜粋。

十月五日「午後は久しぶりに道後へ、髭を剃り垢を落としてさっぱりした、いつも一浴一杯だが、今日は一浴だけで一杯は遠慮した。（中略）松茸が安くなった、（中略）焼松茸で一杯やりたいなあ！（中略）帰庵すると御飯を野良猫に食べられていた。」

十月六日「和尚さんの温言（中略）温情、あ、ありがたしともありがたし、（中略）一草庵（中略）すべての点に於いて、私の分には過ぎたる栖家である。私は感謝して（中略）感謝の生活、私は本当にそれを思う。」

ほんの数行だけでも山頭火の生き方が伝わってくる。山頭火の人生を支えた人たちがいたことも読み取れる。松山は温かい街である。今でも、その方たちの活動は続いているという。

しみじみと松山を思い、坂の上の雲ミュージアムで坊っちゃん団子を食べた。

●種田山頭火『山頭火随筆集』講談社　二〇〇二年　…山頭火は放浪の末、一九三九年の冬に松山に一草庵を結ぶ。この庵を見て「落ちついて死ねそうだ」と喜んだそうである。一九四〇年十月十日の夜、句会が開かれていたが山頭火は隣室で寝ていたという。そのまま脳溢血で亡くなって翌朝句友がその死を発見する。享年五十七歳であった。

四十八歳の時に過去の日記を焼き捨てて「焼き捨てて日記の灰のこれだけか」と読んだ句が印象的である。自分を捨てるために、自分の過去を消し去るために、放浪の旅に出る。そして、これまで書き溜めた日記を焼き捨てる。残ったものはわずかな灰。これまで生きてきたことがたったこれだけの灰しかならないのか、という虚しさ。それでも消すに消せない心の中の自分。この感情の混濁がこの十七文字に書き込まれる。季語の入り込む余地はない。

22　煎餅に偲ぶ明治の菊人形

「坊っちゃん団子」は、抹茶・卵・小豆の三色の餡が三つの団子を包んで串に刺したものである。夏目漱石や坊っちゃんが食べたころは赤餡と白餡の団子が三つ串に刺さり、今のような三色ではなかったらしい。坊っちゃん団子の呼び名は昭和に入ってからであるが、今では松山のお菓子として定着している。

身近にも草団子、吉備団子、みたらし団子などいろいろな団子がある。みたらし団子の発祥地は京都だという。下賀茂神社「加茂みたらし茶屋」の「みたらし団子」。境内にあるみたらし池に湧き出る水の泡をかたどったものと言われている。団子は一個だけ少し離れていて、あとの四個はくっついて串に刺してある。東京にも団子がいくつかあるが、坊っちゃん団子のように三色になっているのは、浅草の「言問《こととい》団子」である。団子の名前がそのまま店の名前になっている。江戸時代末期に創業されたというから、坊っちゃん団子よりは歴史がある。小豆と白餡、味噌餡の三種で串には刺さっていない。

東京には団子という名がついた坂もある。千駄木の団子坂。おいしい団子屋があったとか、悪路なので転ぶと団子のようになるなどいくつかの謂《いわ》れがある。この坂は文学の世界では有名な坂である。坂の上にある森鷗外記念館は、一八九二年（明治二十五年）から三十年間森鷗外が住んでいた観潮楼の跡である。名前から見るとそのころは海も見えていたのだろう。近くには夏目漱石も住んでいた。彼らに会いに多くの人が訪れたようだ。小説にも多く登場している。中でも森鷗外の『青年』が面白い。夢はあるが一向に実現しようとしない青年の思いを綴った小説である。この中で主人公の青年に鷗外自身のことを語らせるくだりがある。団子坂と藪下通りが交差する場所に来て、主人公が鷗外の家を見つける。

「干からびた老人の癖に、みずみずしい青年の中にはいってまごついている人、そして愚痴と嫌味を言っている人、竿と紐尺を持って測地師が土地を測るような小説や脚本を書いている人の事だから、今時分は苦虫を咬み潰したような顔をして起きて出て、台所で炭薪の小言でも言っているのだろうと思って、純一は身顫《みぶるい》をして門前を立ち去った。」

と、なかなか手厳しい。理屈っぽい自分を冷静に見ているというべきか、はたまた多少誇張して自身をコミカルに描こうとしたのかは定かではない。医師で細菌学の知識を持ち合わせていてかなりの潔癖症であったし、文学的には理想主義を標榜していた。

娘の森茉莉は『父の帽子』で、

「森の中で、たてがみを立てて咆哮する一匹の獅子が私の眼には見えていて、父の肖像の眼の中にその獅子がいるのを見るとき、私はどれだけ父を好きだか知れない自分を意識するのがいつものことで、あった。」

と書いている。

団子坂の下に菊見煎餅という名の店があり、煎餅を売っている。創業は一八七五年（明治八年）である。この辺りに菊人形の小屋が立ち並びその見物客のための土産物として煎餅を売ったのがこの店の始まりらしい。

「四辻を右へ坂を降りると右も左も菊細工の小屋である。」

先ほどの森鷗外の「青年」の続きの文章である。おそらく森鷗外も夏目漱石もこの店の煎餅を食べたのであろう。在りし日の東京の空気を偲ぶことができるいい坂である。

●森鷗外『青年』新潮社　一九七八年…高橋義孝は解説に「こういう小説を書くことを思い立った鷗外の頭の片隅には、ひょっとすると、二年以前（明治四十一年）に発表された夏目漱石の『三四郎』の影がちらついていたのかも知れない。」として、青年の内面の成長を表現した同時期の二作品を並べている。

●森茉莉『父の帽子』講談社　一九九一年

23　方丈の住まいの屋根に迎え梅雨

鴨川と高野川が出合うところに河合橋がかかっている。河合橋を渡り右に折れ、下賀茂神社に向かう道に入ると旧三井家下鴨別邸がある。一八九八年（明治三十一年）に三井家はこの土地を取得し、一九〇九年（明治四十二年）に三井家の祖霊社《みたまや》である顕名霊社《あきなれいしゃ》を太秦《うず まさ》から遷座し、参拝のための休憩所として一九二五年（大正十四年）に、木屋町にあった三井木屋町別邸を移築した。三井家は、呉服を扱っていて養蚕の神をまつる太秦の神社に顕名霊社を設けていたのだが、なぜ所縁《ゆかり》ある太秦からこの地へ遷座したのだろうか。下賀茂神社と何らかの関係があったのだろうか。この別邸は、木造三階建てで最上階は望楼として大文字などを望め、風格のある瀟洒な木造建築で重要文化財になっている。顕名霊社から別邸には、下鴨神社を流れているいくつかの水路のうち泉川が日本庭園に引き込まれ鴨川に注いでいた。顕名霊社が東京に移され、跡地に家庭裁判所が建てられてからは、泉川とともに別邸だけが下鴨にのこっている。

旧三井下鴨別邸の北側に広がる原生林が下賀茂神社の社叢林「糺の森《ただす》」である。いわゆる鬱蒼とした感じはない。やわらかい森である。常緑針葉樹が少ないせいである。小雨の中、青楓を見ながら歩いた。清々しい気持ちになる。濡れた木々の緑の向こうに見える朱の鳥居が美しい。甲子園球場の約三倍と言われているが、応仁の乱で七割が焼失し、明治の寺社領没収を経て現在の広さになっている。京都の真ん中近くで原生林というと不思議だが、昔のままの姿が残された森なのである。

一九九四年（平成六年）には下賀茂神社全域が世界遺産に指定され、多くの人々が訪れている。境内の摂社河合神社に鴨長明の方丈庵が再現されている。鴨長明は下賀茂神社の神事を統率する禰宜《ねぎ》の家系に生まれながら、跡目争いに敗れて五十歳で公職から身を引いて隠遁生活に入った。方丈庵はその時の栖《すみか》である。方丈庵の広さは一丈（約三メートル）四方。しかも掘立て柱で解体・組立が可能なようになっている。長明が栖を転々とすることに対応したものだった。鴨川を見て育ったであろう彼は「ゆく河のながれは絶えずして、しかも、もとの水にあらず。」と無常感から方丈記を書き出す。旧三井家の別邸も住まいなら、方丈庵も住まいである。生きることの意味の捉え方で、住まいの形は変わる。削ぎ落とすことの潔さに敬意を表しつつも、美しい庭を見て大文字を望む生活もそれはそれで良いとも思う。まだまだ修行が足りないのだろう。

下賀茂神社の西側、鴨川沿いに下鴨宮崎町という町がある。ごくありきたりの住宅地であるが、かつてここに松竹下賀茂撮影所があった。一九二三年（大正十二年）に関東大震災で松竹蒲田撮影所が閉鎖された時に松竹下加茂撮影所として開設。その後少し閉鎖期間があり、一九二六年（大正十五年）に松竹京都撮影所として再開する。林長二郎（のちの長谷川一夫）が大活躍する。一九五二年（昭和二十七年）に太秦に移転したあとは、松竹の子会社である京都映画撮影所が使用していたが、それも一九七五年（昭和五十年）には閉鎖された。今では全く面影はない。生生流転。太秦から下賀茂に来る者あれば、下賀茂から太秦に行く者ありである。

●鴨長明、浅見和彦 校訂・訳『方丈記』筑摩書房二〇一一年…方丈の家は「寝る所、阿弥陀仏を祈る所、和歌や音楽を楽しむ所ときっちり三つに分けられ、機能的に使われていた。庵の東側には三尺（約一メートル）の庇を設け、炊事所とし、南側にはすのこが敷かれ、その近くには掛樋（簡易の水道）も引かれていた。」と、そのシンプルな作りが解説されている。

●平成三十年十月発行の糺の森財団の会報に、下鴨神社総代・下鴨神社京都学問所理事の小松明が、下鴨に撮影所があった時代には、林長二郎や高田浩吉・高田美和親子などの俳優たちが近くに住んでいたこと、夜間撮影のために糺の森に投光器が持ち込まれていたこと、一九六三年（昭和三十八年）にはボウリング場もでき、下鴨神社のあたりは華やかな場所だったことを書いている。

24　ノルウェーの海から秋鯖飛びきたる

鴨川と高野川が出合うところに河合橋がかかっている。河合橋を渡り右に折れず、そのまま進み鴨川にかかる出町橋を渡る。出町橋を渡りきったところに「鯖街道口」という石碑が立っている。若狭から京都へ通ずる街道の終着点である。開高健は『地球はグラスのふちを回る』で、「若狭のサバである。（中略）ここのサバは江戸の頃から有名であった。」と、若狭から運ばれるサバのことにふれている。

鯖街道という名は最近できた名前で、元々は若狭街道であり奈良へも通じていた。若狭は京都や奈良の食を支え、若狭には都の文化が流入して小浜は若狭の小京都とも呼ばれた。大陸文化は若狭からも京都・奈良へ伝わったと言われている。三月二日には若狭の神宮寺で「お水送り」の儀式が行われ、十日ほどかけてその水が東大寺の若狭井に到達し「お水取り」が行われる。関西の春を迎える行事である。若狭と京都・奈良の繋がりは深い。

出町橋西詰、鯖街道口近くには鯖寿司を食べさせる店もある。先日行った時、出町商店街にあるその店には「本日鯖の入荷が少ないためお休みいたします」との貼り紙があった。締めた肉厚の鯖が久々に幸せをもたらすはずであったが我慢するしかない。

最近は日本の鯖の漁獲量が減っている。日本で食べられる多くの鯖はノルウェー産が多い。日本が輸入する鯖の約九割はノルウェー産である。ノルウェーでは、秋の脂ののった大型の鯖はあまり食べる習慣がなく、マーケットにも並ばないそうである。この鯖が日本に飛んでくる。日本の秋鯖はノルウェーに限るのである。

ノルウェー産の鯖を使った缶詰は北欧ではポピュラーである。缶詰にはハーブやガーリックなどが入ったいろいろな種類があるようで、日本でも手に入る。有名なものは「Stabbur-Makrell」。鯖は英語でMackerelだからMakrellは鯖のことだろう。Stabburが企業名らしいので「スタブラの鯖」というようなシンプルな名前である。少し小さな文字でFilet i tomatsausの表記があるからトマトソースと絡んでいることも想像できる。鯖の絵が入った黄色い缶詰で、缶の裏には「サバのトマトソース煮込みは北欧では定番の缶詰の一つです。サンドウィッチやパスタにぴったりです。」と書いてある。食べてみると案外いける。日本人の口にも合う。クラッカーの上にのせて白ワインと共に食べると何やら北欧の気分になる。

海外では資源管理の意味で小型の鯖を獲ることができないので大型の鯖しか漁獲されない。日本はその辺りの規制がなく、近海で獲れるのはあまり脂ののっていない小型の鯖である。これらはアジア・アフリカ諸国へ輸出されている。特にナイジェリアやベトナム・

タイ・エジプトへの輸出が多く、それらの国では値段の安いタンパク源として重宝されているようだ。二〇一九年度は約四十五万トンの鯖が漁獲され約十七万トンが輸出されている。一方、ノルウェーから輸入される鯖は約十万トン。日本は鯖の輸出国であり輸入国である。鯖街道はワールドワイドになっている。健康ブームも相まってここ数年、スーパーで鯖缶や鯖のフレークをよく見かけるようになった。今では鯖缶の生産量はツナ缶の生産量を抜いている。ＤＨＡやＥＰＡなどの不飽和脂肪酸や豊富なビタミンが生活習慣病に有効なのである。

●開高健『地球はグラスのふちを回る』新潮社一九八一年…開高健は「越前ガニ」という一文の中で福井のカニ、ウニの次に若狭のサバの旨さについて触れたあと、「水上勉は『そうや。開高よ。それや。昔、江戸の頃はなァ、若狭のサバを山越えで女子《おなご》が京都へ運んでいったもんや。（中略）雲助やら何やらがいてわらわらと飛びかかり、（中略）そやからナ、若狭のサバと女子はな。』水上勉は落ちかかる髪をはらって、暗い床の間の水仙を眺め、しばらくしてから『かなしいのや』とつぶやいた。」と書いている。

25　いかなごの透き通るほどに光る春

関西の春の始まりは、奈良東大寺のお水取りだけではない。明石の魚の棚商店街に「いかなご」の新子が並ぶと春の訪れとなる。キラキラと輝くその透明感は艶めかしくさえ感じる。醤油やみりん、砂糖、生姜などで水分がなくなるまで煮込むと、いかなごのくぎ煮のできあがりである。煮上がった姿や色が年季の入ったくぎに見える。播磨から阪神間の家庭ではよく作られるし、スーパーにもくぎ煮が並ぶ。よそのお宅からいただくこともある。たくさん作るほうが美味しいのだが、一軒では食べきれないのである。

「いかなる魚の子なりや」と何の魚かわからなかったので「いかなご」になったという説もあるが、スズキ目イカナゴ科の立派な魚である。春先三センチくらいになるといかなご漁が解禁になり、このころ取れるのが新子と呼ばれてくぎ煮になる。くぎ煮は温かいご飯の友なのだが、いかなごはそれ以外にも食べ方はある。生のままご飯にのせて生姜醤油で食べるもよし、釜揚げにして食べることもできる。いかなごは大きくなると一五センチから二〇センチほどにもなり、関西ではかますごと呼ばれる。これはこれで焼いてやはり生姜醤油で食べたり、もちろんから揚げや天ぷらなどでもいける。それでも季節を感じるのはいかなごのくぎ煮であろう。

いかなごは春の季語である。

「いかなごにまづ箸おろし母恋し（虚子）」

このいかなごがくぎ煮であるのは間違いないだろう。一九四三年（昭和十八年）高浜虚子が六十九歳の時の句である。食卓に上ったいかなごのくぎ煮に箸がいき、ふと母のことを懐かしくそしてしみじみと思いだしたのである。母が作ってくれたくぎ煮。家庭の味である。

海の幸の話の続きとして、関西の春を告げる山の幸にも触れたい。京都の筍。筍は竹冠に旬と書く。素敵な漢字である。店先に朝掘りの筍が並ぶと、もう春である。朝掘りしたものは、みずみずしく風味や香りが強く柔らかい。長岡京の筍が特に有名で、当地には高級料亭もある。食べ方もいろいろであるが、いかなごがくぎ煮なら、筍は若竹煮である。若竹煮は春が旬の筍と若布を品の良い出汁で炊き合わせたものである。料理の材料として相性がよい旬の食材を組み合わせたものを日本料理では「出会い物」と呼ぶ。出汁が程よく〝しゅんだ〟筍と若布の相性は仲の良い夫婦のようでもある。シンプルな料理だが二つの素材が主張しあったうえで調和する。まさに「和を以て貴しと為す」の真髄があると言っても良い。そしてこれに欠かせないのが木の芽である。

木の芽は山椒の新芽で、やはり春先が旬である。筍や若布の上の小さな緑葉を持つ木の芽は愛らしく、また彩りもいい。その香りが自然味を増す。よく洗って水気を切ったあと手ではさんで葉を押しつぶすように軽く叩く。こうすると香りがより出やすくなるのである。

日本料理は季節を食べるものだと実感する。出会いが生み出す春の幸である。若竹煮も家庭でできるが、出汁となると、専門のお店で食べる若竹煮はやはり違う。昆布や鰹節・椎茸などを中心として旨味を引き出す。俗に関西の薄味というが、色目は薄いが味はしっかりして上品で深い。京都や大阪の灯りが入った石畳、露地裏の割烹料理屋は気を張らずに関西文化に浸れる場所なのである。

●法善寺横丁に「喜川」という割烹料理屋がある。単品の豊富なメニューに目を見張る。この店の流れをくむ店が、ミナミにもキタにもある。キタにあるその店でも、その日のメニューが巻き紙に記されている。巻き紙を長く伸ばして今日は何を食べようかと考える。肉・魚介・野菜。調理法も和洋いろいろである。鱧や蟹、フグなどの季節がくると食べにいくのが楽しみなのである。食べたいものを食べたい順番で頼む。ほかの客が頼むとそれも美味しそうだとなる。お仕着せのコースでないのが嬉しい。東京にはこの手の店が少ない。

26　春疾風バトン渡す手受けとる手

日本料理の出会いもののうち、名残の鱧と走りの松茸の出会いも素敵である。夏の産卵を控えて鱧は脂がのる。七月の祇園祭のころが美味しい時期となる所以である。産卵が終わって鱧は痩せるが、それを補うかのように産卵後の食欲はまた旺盛になるらしい。この産卵後の脂ののった鱧と、出始めの香り豊かな松茸との組み合わせが出会いである。土瓶蒸しや鍋で食べるのが美味しい。

日本の気候は二十四の節気に分けられて季節のバトンが切れ目なく繋がっている。鱧と松茸のころは、立秋・処暑・白露辺りであろうか。料理と気候も大いに関係がある。夏の暑さがふと途切れる時、鱧と松茸の土瓶蒸しや鍋などの温かい料理が店のメニューに載る。秋の「兆し」や「気配」を感じる時である。兆しとか気配というような言葉を使って、うつろう空気やわずかな変化を表現するのが日本の文化である。

二〇一六年（平成二十八年）、リオデジャネイロオリンピック陸上・男子四×一〇〇メートルリレー決勝。日本チームは素晴らしいバトンリレーを見せた。世界が称賛したバトンリレーである。ジャマイカやアメリカの選手は全員一〇〇メートル九秒台の記録を持っていた。そんな中で一〇〇メートル一〇秒台の記録しか持っていない日本の四人が銀メダルを勝ち取ったのだ。記録は三七秒六〇。アジア新記録だった。優勝したウサイン・ボルトが率いるジャマイカは三七秒二七で、その差わずか〇・三三秒。素晴らしいレースだった。日本中が興奮した。

この銀メダルに大いに貢献したのがアンダーハンドパスとバトンパスの際のスタートの微妙な調整だと言われている。TRAC（為末大プロデュースのトレーニング組織）のHPによれば、ジャマイカ四人の選手のベストタイムの合計は三八秒八九、日本は四〇秒三八、アメリカは三七秒一二である。決勝タイムとの差は、ジャマイカ一秒六二、日本二秒七八、アメリカ一秒五〇（バトンパス違反で失格）と、日本がいかにバトンパスで時間を稼いだかということが指摘されている。

他国が採用しているオーバーハンドパスは、選手と選手が離れた状態でバトンパスをするので距離が稼げる。これを利得距離というのだそうだ。ただバトンを受ける側の選手の手が振り上げた状態となり、スピードに乗るのに時間がかかってしまう。

一方、アンダーハンドパスは選手と選手が近い状態でバトンパスをするので利得距離は稼げないが、バトンを受ける側の選手の手の位置が自然な状態となりスピードに乗ったまま受け渡しができる。専門家の目から見ると、リオの時の日本のバトンパスには若干のミスもあったようだが、瞬時に修正を行うことができていたという。いずれにしても世界が日本のアンダーハンドパスに注目したレースだった。二〇メートルというテイクオーバーゾーン（バトン受け渡しゾーン）の中で、それぞれの走者がいかにベストスピードを保ったまま、スムーズにバトンを受け渡せるかがリレーでは重要である。決勝直前に、日本はバトンの受け手がわずか七センチ、スタート位置を伸ばすというバトンパスの微妙な調整を決定した。「兆し」や「気配」を七センチという数値に変えたのである。試合が終わってウサイン・ボルトが日本選手に「Good Job!」と声をかけたそうである。

●「ＴＲＡＣ」http://tamesue.jp/works/running …株式会社Deportare Partnersが運営する「走る喜び」を伝えることを目的としたスクール。

●オリンピック陸上男子四×一〇〇メートル日本代表チームは、二〇〇八年の北京で銅メダル。二〇一六年のリオデジャネイロでは銀メダルと順位を上げた。リオでは、四人のメンバーのうち、二名は一〇〇メートル準決勝敗退、一名は一〇〇メートル予選敗退、一名は二〇〇メートル予選敗退と、個人種目ではメダルレベルに近づけていない。そのメンバーで四〇〇メートルリレー銀メダルはやはり快挙である。

27 朧月物語読む薄明かり

二十四節気は半月ごとの季節の変化を表している。さらに五日単位で気象や動植物の変化を示しているのが七十二候である。いずれも元は中国である。七十二候は日本の風土に合うように改定されて「本朝七十二候」が定められた。例えば、二十四節気「立春」は七十二候では「東風解凍《こちこおりをとく》」「黄鶯睍睆《うぐいすなく》」「魚上氷《うおこおりをいずる》」の三つに分かれている。五日毎に季節のうつろいを表現するという何という繊細さであろうか。二十四節気の「気」と七十二候の「候」を合わせて気候という言葉ができている。

季節の気配や兆しを文字で表すことに秀でている人たちは、豊かで美しい言葉の連なりを生み出す。そのような文章や物語に巡り会うと日本に生まれて幸せだなと思う。美しい日本語には情景を表す音色がある。風情がある。源氏物語を多くの作家が現代語訳しているのは、その言葉の連なりに日本の美しさを感じるからであろう。この源氏物語を気候という観点から読み解いたのが、石井和子の『平安の気象予報士紫式部『源氏物語』に隠された天気の科学』である。

例えば「末摘花」。

「朧月夜に源氏が末摘花の琴の音色を聞きに訪れた時の文章（中略）物の音澄むべき、夜のさまにも侍らざめるに」

から、春、朧月の時には月にかかる雲は巻層雲か高層雲、いずれも湿気を含む雲で天気が悪くなる兆候であり、琴の弦が湿気を吸って緩みいい音色がしないことを表していると指摘する。雲が源氏と末摘花の逢瀬を包み隠しはするものの、琴の音色が芳しくないことから二人の逢瀬は中途半端で終わってしまう。確かに、気候の理解によって源氏と末摘花とのやるせなく、えも言われぬ情景がより深く理解できるのである。

さらに「若菜・下」。

「源氏や紫の上、明石の君一行がそろって住吉神社に参詣し、夜通し管弦や舞を奉納する場面では、（中略）ほのぼのと明け行くに、霜は、いよいよ深くて」

からは、紫式部が、夜通し『源氏物語』を書きながら、明け方の太陽が昇る寸前に霜がますます深くなることや、日の出直前は一日のうちで一番気温が下がって、その日の最低気温になることなどをたしかな目で観察していたのではないかと推測している。『源氏物語』の一行一行に、紫式部の気象事象に対するセンスの良さを読みとって科学的に分析しているのである。そして、気候に関する知識が源氏物語の新たな読み方を教えてくれると述べている。

気候の表現についても清少納言も負けてはいない。「春はあけぼの。やうやう白くなりゆく山際、少し明かりて、紫だちたる雲のたなびきたる。」「夏は夜」「秋は夕暮れ」「冬はつとめて」と書いていく。『枕草子』は、気候だけでなく鳥や虫、光、風、雪、闇などの自然現象や、赤、青、紫、白、黒、灰などの色も交えて読み手の想像力を刺激し、日本の気候を美しい言葉で伝えている。気候は日本文学にとって重要な要素の一つなのである。

●石井和子『平安の気象予報士紫式部　『源氏物語』に隠された天気の科学』講談社　二〇〇二年

…過去の気候を研究する学問に「古気候学」という分野があるという。明治の気候観測開始以前の気候データはないのだが、古文書・年輪・湖底の泥や花粉の堆積状況など多様な方法で類推することができるらしい。気候という観点から源氏物語を見るという興味深い試みで、当時の気候の中で生まれた源氏物語に一層の深みが感じられる。

28　アイラ島のスコッチを飲む夜長き

『枕草子』、「夏は夜」に続くのは「月のころはさらなり、闇もなほ、蛍の多く飛びちがひたる。また、ただ一つ二つなど、ほのかにうち光いでていくもをかし。雨など降るもをかし。」である。月のない闇の中で蛍が飛ぶさまに思いを致している。闇の中で、ほのかな光が飛ぶというよりはさまよう様子が、愛おしく哀れに見えたのであろう。

「蛍の光」というと「窓の雪」となるが、これは日本ではおなじみの歌詞である。メロディーはスコットランド民謡で「Auld Lang Syne（Old long since　久しき昔）」。二〇二〇年（令和二年）一月二日、イギリスのＥＵ離脱正式承認時に欧州議会のメンバーはこの曲を歌った。

イギリスの人たちはイギリスがこれからも順調であることを願い、スコットランドの人たちは再びスコットランドが欧州議会に戻れるようにという願いを込めていたという。英語の詩の内容は、再会した昔の友と思い出を語りながら酒を飲むというもので、スコットランドの詩人ロバート・バーンズの作である。ほかにもスコットランド民謡を改作した「Comin Thro' The Rye（Coming Through the Rye　ライ麦畑で出会う時）」は、日本では「故郷の空」としてよく歌われる。

バーンズは今でも「スコットランドの最愛の息子」と呼ばれ、スコットランド文化の象徴として知られている。「Auld Lang Syne」は、日本では「蛍の光」の題名で知られており、卒業式や閉店の時に使われるメロディーとして定着している。日本語の歌詞は一八八一年（明治十四年）に尋常小学校の唱歌として稲垣千頴《ちかい》が作詞したものである。冒頭の「蛍の光、窓の雪」は中国の「蛍雪の功」の故事から取られていることもよく知られている。

「螢雪時代」という雑誌があった。大学受験のための雑誌で、その印象的な名称が今でも頭に残っている。一九三二年（昭和七年）に「受験旬報」として発刊された後一九四一年（昭和十六年）に「螢雪時代」に改題され今に至っている。多くの受験関連の言葉が載っていた。受験戦争・受験地獄というような言葉がすでに使われていた。

私が大学受験をした当時は国立一期校と二期校があったが、大学受験は一発勝負というのが当たり前だった。四当五落という言葉もあって、睡眠四時間は合格するが五時間では不合格というようなイメージだった。高度成長期で、大学に行くことでそれに参加できるというような空気感があった。法学部や経済学部なども競争は激しかったが、時代ニーズもあって工学部も競争率は高かった。特に航空や情報・建築などの学科が人気だったような記憶がある。大学進学率は極端に高くはなかったが、未来への成長に向けて競争は激しく、現役と浪人が半分ずつくらいの割合で合格していた。希望大学に合格するためには一浪は当たり前で、「ヒトナミ」とも言われていた。

結果的に、入学後に疲れが出て五月病などという精神的な病状も出てきた。受験戦争の弊害と言われ、日本の大学は入るのは大変だが卒業するのは楽というような言われ方もしていた。それが積み重なった今、日本の大学の力が海外に比べて落ちていると言われている。自ら学ぶべきことを発見し、自ら社会問題を解決する能力を磨いていく力が不足しているのだろう。世界との距離がますます開いていく。

●イギリスの大学教育のことを知る機会があった。課題がかなり多く、レポート作成には高いリサーチ能力と表現力が求められる。また、グループワークが中心で、分担作業調整やメンバーの意見をまとめる能力、そして的確なプレゼンテーションスキルが求められる。多人数の講義よりも教授との少人数によるセミナー形式で、自分の意見をきちんと述べる必要もある。データを調べる力、グループをひきいる力、表現する力、説明する力が培われる。こうして並べるだけでも、日本の大学教育は何か違うと感じざるを得ない。

29　英国のＥＵ脱退深雪晴

イギリスがＥＵを脱退したが、国内の意見は賛否両論らしい。ＥＵ圏内の人や情報、物の動きから距離を置くことで経済的にはダメージがあるのだろう。イギリス経済力の変化はポンドの動きを見るとわかる。一九四九年から一九六七年の固定相場制のころ一ポンドは一〇〇八円であった。一ドルが三六〇円の時代であるから、ポンドの価値がいかに高かったかがわかる。その後一九七一年までは八六四円に切り下げられたが、それでも高かった。ＥＵとの通貨統合こそ行わなかったが、今は変動相場制となり十数年前が二五〇円程度、二〇二一年四月は一五二円になっている。ポンドの世界経済における相対的地位は低下している。

デイビッド・グッドハートは、今のイギリスをSomewhereとAnywhereの対立として見ている。Somewhereは「ある場所」で一生暮らし、低学歴の労働者や農家を中心としたグローバル化とは無縁の人たち。イギリス市民の約五〇パーセントを占める。Anywhereは「どこでも」生きていける高学歴のエリート層で、グローバル化の恩恵を受けている人たち。イギリス市民の約二〇から二五パーセントを占める。二〇一六年のＥＵ

離脱の是非を問う国民投票では Somewhere が逆襲をして、グローバル化の犠牲になることを拒否してＥＵ離脱の流れが選択されたと説明する。彼の「The Road to Somewhere（ある場所への道）」がイギリスで話題なのである。

ＮＨＫのインタビュー記事によれば、

「経済、つまりお金でなく、生き方、国のアイデンティーを守るべきだという考え方が台頭している。移民をめぐっては日本でも意見は分かれるだろう。ヨーロッパと同じような数の移民が来れば、経済的にはプラスかもしれないが、日本社会のアイデンティティーは失われてしまうと考える人もいる。イギリスも同じだ。グローバル化の恩恵を受けていないと不満を強める Somewhere の人たちは、国家のアイデンティティーや民主主義そのものが弱体化してしまったと感じている。そして、こうした変化を強いてきたシンボルがＥＵなのだ。」と述べ、さらに続けて、

「保守党の勝因は、離脱派の党という旗幟を鮮明にして戦ったことだ。保守党のなかにも、離脱に違和感を持っていた人も少なくなかった。しかし国民投票の結果を受け入れるべきだ、民主的なプロセスを尊重すべきだ、という人が多数を占めた。離脱による経済的なダメージよりも、国民投票という民主的なプロセスを無視することによる政治的なダメージの方がより深刻だと考えたのだ。」

と、明確である。

二〇二〇年一月末日からイギリスはEU離脱移行期間に入り、同年十二月末にEUを離脱した。これからイギリスはどのような方向に進むのか。スコットランドはどうなるのか。グローバル化と反グローバル化の波の中、議会制民主主義の故郷としてこれからも多くの深い議論がなされていくのだろう。

それでもイギリスは世界の経済を動かした国であり、産業革命や各種のスポーツ発祥の地でもある。紅茶やウィスキー、音楽、英国王室など文化的にも独自性を持った国である。EU離脱によって新たなアイデンティティーを創造し、存在感を発揮することで、SomeでもAnyでもないNewhereを見つけるのであろう。

●David Goodhart　The Road to Somewhere（ある場所への道）」Hurst & Co Ltd　二〇一七年

…二〇一九年十二月二十七日のNHKウェブニュースでのインタビューの最後に、グッドハートは「Anywhere（どこでも生きていける人たち）を代表してきた政治家たちは、Somewhere（ある場所で生きる人たち）の声に耳を傾け、その政策を取り込むことを求められる。SomewhereがAnywhereにとって代わるのではなく、双方の間で望ましい均衡が模索されることを期待する。」と述べている。

30　小判流出大君の都葵散る

一八七〇年（明治三年）ごろ、一ポンドは五円、一ドルは一円と言われていたので、ポンドはドルの五倍の価値があった。それまでもポンドは世界最強の通貨だった。しかし、一九〇〇年代初めアメリカ、フランス、ドイツが次第に台頭してくる。一九四一年（昭和十六年）から一九六七年（昭和四十二年）の固定相場制で一ポンド一〇〇八円、一ドル三六〇円と、ポンドはドルの三倍にまで下がった。しかし、変動相場制以降アメリカが世界経済のリーダーシップを取るようになって、ポンドの価値はさらに下がり、今ではドルの一・四倍程度になっている。二〇二〇年十二月のイギリスのＥＵ完全脱退以降、ポンドの価値はさらに下がっていくのかもしれない。

江戸末期から明治にかけての日本・アメリカ・イギリスの通貨交渉が面白い。佐藤雅美の『大君の通貨　幕末「円ドル」戦争』にその辺りが小説として描かれている。アメリカはハリス公使、イギリスはオールコック総領事（のちに全権公使）、日本は外国奉行水野筑後守忠徳。ハリスは商売人上がりの外交官、オールコックは医師から外交官になったが長年中国を相手に交渉をしてきた経験を持っていて、日本にとってはいずれも百戦錬磨の交渉相手である。当時の日本としては水野も為替や経済的な知識を持ち、なんとか互角に交渉を行っていた。しかし、外国人殺傷事件を捉えてアメリカ・イギリスは水野を交渉の場から遠ざけるよう幕府に巧みに圧力をかける。代わりの交渉役は為替や経済の知識がなく、アメリカ・イギリスの意のままに交渉が進む。結果的に一時的な邦貨海外持ち出しを許可し、金と銀との内外価値差を利用されて日本の金（小判）が海外流出し、通貨を両替していくだけでアメリカ人やイギリス人の資産が三倍になったという。商才のあったハリスはこれで私財を大いに増やしていた。アメリカやイギリスの商人や役人は大儲けをした。

このような状況は以前からあったらしく、司馬遼太郎は『街道をゆく11　肥前の諸街道』で、

「この日本の金相場の特殊さはその後、徳川時代になっても変わらず、オランダ人が、尊大な徳川幕府の態度と牢獄のような出島の暮らしに二世紀半も耐えていたのは、この利があるからであった。（中略）つまりはそのおかげで、世界の僻陬《へきすう》にあるこの国に西洋や中国の文物が少量ながらも刺激として入りこみ、日本文化の成立に重要な役割を果たしてくれたことを思えば、安いものであったかもしれない。」

と書いているが、やはり癪に障るのである。オールコックは医師であり外交官でもあったが、彫刻を学んだし画才もあった。海外への金流出を憂い、私財を肥やすことにはあまり与《くみ》しなかったようだが、ハリスはかなりのものだったらしい。しかし、イギリスを含め

た諸外国との通貨交渉の結果が日本にインフレを招き、下級武士たちの不満を募らせ、ひいては幕府を弱体化させ倒幕運動の一因にもなったとの分析もある。幕府はイギリス等に使節団を送り、水野はこの使節団に通貨交渉の実態とその社会的影響をイギリス政府に知らせる訓令を持たせた。『大君の通貨　幕末「円ドル」戦争』では、オールコックに対する水野の見事な「報復」として書かれている。読後痛快である。

●佐藤雅美『大君の通貨　幕末「円ドル」戦争』文藝春秋　二〇〇三年　…幕末経済の混乱の原因として「判決を下すなら、明らかに無理を承知で横車を押し私腹を肥やした米国公使タウンゼント・ハリスは確信主犯、何となく違和感を抱きながら行動を共にし対日圧力を加速した英国公使ラザフォード・オールコックは事後従犯であろうか。日本側の責任は幕府の通貨政策のデタラメぶりと情報不足である。」と神崎倫一は解説で述べ、末尾近くでは「すさまじい体験であったがオールコックは自分たちのしたことの意味がわからない。せめて記録だけはと『大君の都』を書き上げて帰国したところ、大蔵省のコンサルタント、ジョージ・アーバスナットの呼び出しを受け、欧米外交団の圧力で日本の通貨が、経済がガタガタになったとの説明を受ける。」と記している。

●司馬遼太郎『街道をゆく11　肥前の諸街道』朝日新聞出版　二〇〇八年

31　富士山のレーダー捉えし台風圏

幕末のイギリス公使ラザフォード・オールコックは、初めて富士山に登った外国人である。一八六〇年（万延元年）のことである。温泉に入ってその熱さに驚いたり、宿屋の主人たちのもてなしや挨拶を奇異に感じたり、彼らの道中も面白い。オールコックは『大君の都　幕末日本滞在記』に、

「晴れた夏の夕方には八〇マイルほど離れている江戸からも見えることがある。そういうときには、雲の上にその頭を高くもちあげており、夕日がその背後に沈むので、その深紅色の大きなかたちが金色のついたての上にすっかり浮き出しになって見える。また早朝には、朝日の光が頂上の雪に反射して、その円錐形が輝いて見える。」

と、富士山の美しさを書き表している。また、信仰の対象としての富士山にも興味を持ったようであり、山伏（山武士と翻訳されている）姿のスケッチも残されている。おそらく日本人も、美しさとともに聖なる山としても説明したのだろう。遠くから見る富士山は今も美しいし遥拝と登拝の対象である。富士信仰も健在である。それらが統合された価値が世界遺産となっている。

一方で、厳しい自然環境や複雑な役所の力関係、民間の機器受注競争の中で、一九六四年（昭和三十九年）に富士山に気象レーダーが設置された話は生々しい。新田次郎は『富士山頂』にその経緯を書いた。新田次郎は測器課長としてこのプロジェクトに参加していた当事者でもあった。

「富士は遠くからみると、麗峯を備えた存在として映る。しかし近づくとけっしてそれだけの単純なものではない。そこには山対人間のさまざまな問題が投影しており、人間社会の複雑さもまた交錯するといえよう。」

と尾崎秀樹はその解説で書いている。

富士山での気象観測の歴史は一八八〇年（明治十三年）の野中到らの観測から始まる。彼は夫婦で一八九五年（明治二十八年）に、木造の六坪ほどの観測所を設置して冬季観測を始めた。この辺りの話は同じく新田次郎の『芙蓉の人』に詳しい。その後も企業などの私的な資金で何回か観測所が作られたり、国費で臨時観測所が設けられたりしたが、一九三六年（昭和十一年）にはようやく国によって常設の「中央気象台富士山頂観測所」が作られた。そして一九五九年（昭和三十四年）の伊勢湾台風の被害を受けて、日本に接近する台風予報の基礎データ収集をするために独立峰でレーダー視野を最大限確保できる富士山頂に気象レーダーが設置されることとなった。富士山レーダーは世界最高標高にあるレーダーとして、一九六四年（昭和三十九年）から一九九九年（平成十一年）までの三十五年間にわたり貴重な気象データを集めた。

一九七七年（昭和五十二年）に日本初の気象衛星ひまわりが打ち上げられ、今ではひまわり八号がデータ収集を行い、待機衛星としてひまわり九号も空にある。富士山頂のレーダーとしての役割はすでに終わっている。富士山レーダーの象徴であるドームは、富士吉田市に富士山レーダードーム館として移築保存されているが、富士山頂の施設はＮＰＯ法人「富士山測候所を活用する会」が高所医学や天文学などの研究に活用するべく公的管理に向けての運動をしている。道は険しいそうである。

●ラザフォード・オールコック、山口光朔 訳『大君の都　幕末日本滞在記　中』岩波書店　一九六二年

●新田次郎『富士山頂』新潮社　二〇一二年

●新田次郎『芙蓉の人』新潮社　二〇一四年　…「私は野中千代子を書いていて、明治の女性の強さに啓発された。極端な云い方をすれば、明治二十八年の十二月の富士山頂においては、野中到よりむしろ、野中千代子の方が主役であったようにも思える。」と、新田はあとがきで書いている。

32　犬震う野分が叩くガラス窓

「台風は温帯低気圧に変わりました」というアナウンスを聞くとホッとする。最近では日本列島全体を覆うような超大型の台風というような言葉も耳にするし、海水表面温度の上昇に伴って台風の勢力がなかなか衰えないというようなことも多い。子供の時に経験した台風よりは今時の台風のほうが激しくなったという感じはする。

我が家の南側に少し大きなガラス窓があり、先日飛散防止フィルムを貼った。家屋の密集している地域だし、台風時の風力はテレビが伝えるよりは弱まっているのではないかと思うのだが、手で触ると稀にかすかな振動を感じることもある。計算上は大丈夫ということになっているのだが、想定外というような言葉も数年前から聞こえてくると少し不安になる。飛散防止フィルムを貼っても強度が増すわけではないが、いざという時に飛び散ることを防ぎたいという思いである。そのガラス窓の向こうにはバルコニーと植栽が、そしてその向こうに植えてから二十五年くらい経つマテバシイの株立ちが見える。大きなガラス窓とそれを通して草花や樹木、空や雲を見るのはやはり気持ちが良い。

一八七二年（明治五年）に国が富岡製糸工場を建設し、作業場の自然採光のため大きなガラス窓が採用されたが、使われた板ガラスは鉄製のサッシやパテも含めすべてフランスからの輸入品であった。値段も高かったであろう。日本で国産の板ガラスが作られたのが一九〇九年（明治四十二年）である。一九五〇年代にイギリスでフロート法という板ガラスの製法が発明されているが、これは従来の円筒形のガラスから加工して板ガラスを作る方法から見ると画期的な方法で、板ガラスの普及に大きな役割を果たすことになった。フロートガラスという名称はすでに一般化しているが歴史はそれほど古くない。今では省エネルギー性能も持ったガラスもある。光は通すが外気や熱を遮断するガラスは建築に必要不可欠なものである。

windowは北欧由来の言葉でwind（風）+auga（目）という合成語だったようである。augaが消失してwindauがwindowになっていった。おそらく風の通り道というような意味だったのであろう。風穴と言い換えてもいい。しかし外敵や外気を入れたくないという要求が出てきていろいろな材料で風穴を塞いでいたようである。そして、最後には風を止めつつ光を入れるガラスという材料に至った。一方、日本では窓は「間戸」である。風穴と間戸は同じようで少し違うのは、西欧と日本の建築の作り方の差からきている。「壁の建築」と「柱の建築」の違いである。フランスの著名な建築家は「ヨーロッパの建築の歴史は、窓との格闘の歴史である」と言っているが、伝統的な日本家屋では間戸は自然にできる開口部であり格闘する必要もなかった。光や風を取り入れ、自然と触れ合うことは、なりゆきとして当然であった。ヨーロッパ建築にとって壁に風穴をあけることは構造的に大変なことだったから、まさに格闘だったのであろう。そのぶん日本ではガラス窓の発達が海外よりは遅れることとなったのは致し方がない。

Windowsというパソコン OSが私たちの生活に馴染んでいる。言うまでもないがアメリカ生まれの言葉である。「並行する複数のタスクにそれぞれ固有の領域として窓を割り当て、画面出力を多重化するコンピューター上のメカニズム」という説明である。情報を見るための窓なのである。日本でこの仕組みが生まれていたらどんな名前になっていたのか興味深い。いずれにしろ、今ではガラス窓はもちろん、windowsのない生活は考えられない。

●ヨーロッパでは、建築構造的な問題もあって建物に大きな開口ができなかったが、ガラスのない時代には光を求めて雲母や水晶、布、羊皮紙、牛の膀胱などが開口部を覆うものとして使われていたようである。ガラスそのものは古代ローマ時代からあったようだが価値の高いものだった。六世紀のフランスの司祭が残した記録には、泥棒が窓ガラスを割って教会に侵入し教会の財宝だけでなく、割れた窓ガラスも盗んだことが書かれているという。

33　梅雨曇り匠《たくみ》集いしアール・デコ

ガラスは窓ガラスとして使われるが、芸術品としても使われる。梅雨の合間、今は東京都庭園美術館となっている旧朝香宮邸を訪ねた。朝香宮夫妻がパリで魅せられたアール・デコをふんだんに取り入れた住まいである。

朝香宮夫妻は、一九二五年（大正十四年）にパリで開かれた「現代装飾美術・産業美術国際博覧会」でアンリ・ラパンやルネ・ラリックなどの芸術家の作品に触れ、その芸術性の高さを評価して彼らに室内装飾やガラス装飾を依頼した。装飾と言っても過多ではない。アール・デコらしく高貴で上品、住み手の好みの良さが窺える装飾である。やはりラリックのガラスは美しい。特に玄関のガラスレリーフ扉は来客の目を引いただろう。ガラス面から浮彫りになった翼のある女性像は体を前に突き出し、スモークのかかった表面は狭い入り口の空間から扉の向こうの大広間の明かりを柔らかく透かしている。建具四枚はフランスから船便で運ばれたが、周囲の建具枠は日本で作られている。日本側の全体設計は宮内省内匠寮である。外観はおとなしいが飽きのこないシンプル・モダンである。東京の一九三〇年代の文化的風景を彷彿とさせる。

建物自体が美術品として扱われていて、国の重要文化財となっている。一九三三年（昭和八年）に関東大震災後の東京復興とともに竣工し約九十年の時が経過している。板ガラスは国産で作れる時代だったが、ガラス工芸品は日本では難しかったのだろう。ラリックはこの建物のために大客間の「ブカレスト」、大食堂の「パイナップルとざくろ」という照明器具もデザインしている。いずれもメインの部屋で来客の目に触れるところである。朝香宮はさぞかしラリックのデザインセンスを気に入っていたのであろう。

ラリックはもともとアール・ヌーヴォーのジュエリー・デザイナーであったが、一九〇六年に香水の瓶をデザインしたことからガラス工芸を始めたと言われている。ガラスのデザインでは、芸術性があって量産もできるデザイン、いわゆるアール・デコスタイルを追求した。ラリックは、オパールのような不思議な輝きを持つオパルセントガラスもよく使っていた。オパルセントガラスは、リン酸塩やコバルトを加えた乳白色のガラスを急冷、急加熱することで微妙な色調を出し、厚みの違うガラスを透過する光の変化を楽しむ素材である。ラリックの美の探求心が、朝香宮の心を捉えたのは間違いない。

ジュエリーのような一品生産、特定の貴族のための装飾品から、工業生産に馴染み多くの人を楽しませる大衆的なガラス工芸への転換は、貴族の没落という当時のフランスの社会背景の変化が、ラリックの仕事に対する思いに影響を与えたことを感じさせる。それでも日本の皇族の趣味に合うレベルということであれば大衆化というには程遠かっただろう。

池田まゆみの講演『移動は文化』によれば、ラリックは朝香宮邸のガラスデザインを依頼された一九二五年ごろに、車のボンネットにつけるカーマスコットもデザインしている。例えばシトロエンの一般大衆車で量産車の５ＣＶのカーマスコットは五頭の馬をかたどったガラス製品であった。ラリックが「一般大衆車で量産車」というキャッチ・コピーに惹かれたのは想像に難くない。多くの人にガラスの美しさを感じてほしいと願ったと同時に、この車が五馬力だということも伝えたのである。

●東京都庭園美術館編『旧朝香宮邸物語　東京都庭園美術館はどこから来たのか』アートダイバー　二〇一八年…「内匠寮の技師たちによる優れたデザインは、ほかにも室内装飾の各所に見られます。朝香宮邸には、門扉、マントルピース、階段手摺、浴室の天井、床排水等、様々な場所で装飾金物が使われています。中でもヴァラエティーに富んだデザインで訪れた人々の目を楽しませているのがラジエーター・カバー（暖房器カバー）です。」と、宮内省内匠寮の優れた室内装飾も見逃せない。朝香宮邸ができてちょうど五十年後の一九八三年に東京都庭園美術館として生まれ変わったのである。
●『移動は文化』池田まゆみのトヨタ博物館30周年記念トークより　二〇一九年

34　優勝杯パイナップルに接吻す

パリの高級食料品店 Hediard（エディアール）は、一八五四年創業の名店である。フランスの植民地のエキゾチックなフルーツや珍しい香辛料や紅茶を販売して人気を博した。この食料品店が、上流階級のものであったパイナップルをフランスに輸入してアレクサンドル・デュマに贈ったことは有名な話らしい。そのデュマは『モンテ・クリスト伯』に、

「彼は身のまわりを見まわした。この食堂も、いままでいた居間に劣らず華麗をきわめていた。全部は大理石でつくられ、値知れぬほどな古代の浮彫りで飾られ、細長い室の両端には、頭に盛り籠を戴いた二つのみごとな立像が立っていた。その籠の中には、珍奇な果実がうずたかく盛られていた。それはシチリアのパイナップル、マラガのざくろ、バレアレス島のオレンジ、フランスの桃、チェニスのなつめ、そのほかだった。晩餐は、コルシカのつぐみをあしらった雉子の炙肉、ゼリーを添えた猪の塩漬け、韃靼ふうの仔山羊肉、みごとなかれい、大きな海老など。」

　という文章を書いている。出版されたのが一八四四年から一八四六年にかけてであるから、ラリックもこの本を読んでいたかもしれない。朝香宮邸の大食堂の照明デザインは、

デュマの『モンテ・クリスト伯』から着想したと想像するのも楽しい。いずれにしても当時のフランス人にとって、海外からきたパイナップルやザクロは豪華な食卓を飾る高級フルーツだったのである。

パリでは冬を迎えるとマルシェ（市場）にパイナップルが出てくる。日本人からすると冬にパイナップルは不思議な気もするが、パリではパイナップルは冬の果物である。十五世紀の終わりにコロンブスが南米から持ち帰ったパイナップルは、その形や甘味からヨーロッパ貴族の憧れとなった。入手には大変な時間とお金がかかった。一七三三年、ヴェルサイユ宮殿ではパイナップルの温室栽培に成功し、その年の冬十二月にルイ十五世に献上された。あの貴重なパイナップルが自分の宮殿で栽培されたのである。パイナップルの地位は最高レベルに達する。ヴェルサイユ宮殿のパイナップルは王室からの高貴なお土産としても使われ、富と権力そのものとなっていった。今でもパリではパイナップルが冬の果物となっているのはルイ十五世への献上の時期からきているのかもしれない。フランスだけでなくイギリスでもパイナップルは権威の象徴としての果物だった。男子テニスのウィンブルドンやラグビーW杯の優勝トロフィーの一番上には、可愛いパイナップルが載せられている。パイナップルは栄誉を称える高貴で品格ある価値を表していたのである。

「えり子さんの思い出。一番悲しい奴。たくさんの植物を窓辺に置いて育てていた彼女が初めて買ったのは、パイナップルの鉢だった。という話をいつか聞いた。——真冬だったのよ。えり子さんは言った。」

吉本ばななの『キッチン』に、冬のパイナップルの話が出てくる。「南から来た明るい植物」とも表されている。寒い中、南の生命力の強さの象徴として登場するのである。

ザクロはフランス語でgrenade（グルナード）で、これはスペインのグラナダと同じ綴りと発音のようだ。地中海原産の果物で人気もあったが十九世紀末には柑橘類にその地位を譲った。しかし、ここ数年また人気が復活しているようである。昔は輸入品だったが、今ではフランス国内の農園で栽培されている。ジュースやスパークリングワイン、ボディーコスメや香水にも使われているらしい。ザクロもパリでは冬の果物である。

●アレクサンドル・デュマ、山内義雄 訳『モンテ・クリスト伯（一）』岩波書店　一九五六年…子供のころ『巌窟王』というタイトルで読んだ。実話を元にした壮大な復讐物語であり約百八十年にもわたって世界に定着している作品である。冤罪による復讐物語は何処の国でも人気の対象である。ダンテスが脱獄の後、富を得てモンテ・クリスト島で豪華な食事で人をもてなす時の描写にパイナップルやザクロが登場するのである。

●吉本ばなな『キッチン』KADOKAWA　一九九八年

35　暖かき部屋に置かれし冬林檎

日本の冬の果物といえば林檎を思い浮かべる。しかし俳句の世界では林檎は秋の季語である。冬を読む場合には冬林檎という季語を使う。青林檎は夏の季語、林檎の花は春の季語である。林檎は四季を通じて俳句に読まれている。それでも食べごろはやはり晩秋から冬である。林檎を使ったスイーツにもいろいろあるが、何と言ってもアップルパイが美味しい。特にRINGOというテイクアウト専門店のアップルパイがいい。パイ包みの中に大きな林檎とカスタードクリームが入っていて食べ応えがある。ナイフとフォークで大人っぽく食べるよりは、パイの皮をホロホロとお皿の上にこぼしながら噛り付いて食べるのが美味しい。そもそもナイフでは切りにくい。シナモンを使っていないのできちんと林檎の味がするし、林檎が大きいので満足感も高い。いかにもアップルパイを食べているという実感が湧く。パイの皮も薄くてサクサクである。RINGOのＨＰによれば「たっぷりバターを練りこんだ１４４層の自家製サクサクパイ生地」と書いてあるが、数える勇気はない。四個買って、二個はその日に夫婦で食べた。お店では「焼きたて当日中のお召し上がり」をお勧めしているが、残り二個は冷蔵庫に入れて次の日に食べた。次の日もおすすめである。時間が経って熱や温度が落ち着いても美味しく食べられるように作られている。冷やすことで甘さがやや抑えられしっとりとした軽さになる。フレーバーのないストレートティーが合う。

林望の『イギリスはおいしい』には、イギリスの林檎のことが書いてある。

「イギリスは緯度が高く、概して寒い国なので、国中の至る所にリンゴの木が植えられている。特にリンゴ園というようなところでなくとも、たとえばあちこちの屋敷の庭や、ときには道の辺りなどにも見かけることがある。」そして挿絵に「アップルパイを作ろうかな、と思うと緑色のクッキングアップルが頭に浮ぶ。たまに、リンゴを齧ろうかな、と思うと、紅いコックスが浮かんでくる。」

という言葉が添えられている。イギリスでは、生で食べるeating appleと加熱用のcooking appleとは厳格に区別されているのである。

アップルパイ発祥の地イギリスの女の子でママの作ったアップルパイが好きなのはハローキティである。サンリオのＨＰによれば、ハローキティの林檎づくしは徹底していて、体重が林檎三個分、身長は林檎五個分と書いてある。「ハローキティ りんごの森シリーズ」というアニメーションもある。ハローキティには口は描かれていないのだが、ママの作ったアップルパイだけは何とか食べられるのだという。それほど林檎が好きなのだ。そして、何と言ってもハローキティは日本が誇る世界的ブランドであり、海外のセレブや芸能人にも人気があるキャラクターなのである。誕生日は一九七四年（昭和四十九年）十一月一日。今年四十七歳であるが活躍の場は広がっている。そして日本の「カワイイ」の象徴でもある。「カワイイ」は国外からの評価によって国内で再認識された。今や「カワイイ」は文化論として語られ、Cool Japan の重要なコンセプトである。社会学者までが「カワイイ」を語り出している。

●「RINGO」https://ringo-applepie.com/ …焼きたてカスタードアップルパイの専門店である。札幌の老舗洋菓子店「きのとや」から生まれた「RINGO」のアップルパイ。札幌の西、余市は林檎の産地で、竹鶴政孝がウィスキーを売り出す前に良質な林檎ジュースを販売していたのも有名な話である。

●「ハローキティ」https://www.sanrio.co.jp/character/hellokitty/ …持ち物をキティーグッズで揃える「キティラー」も登場するほどの人気キャラクターである。

●林望『イギリスはおいしい』文藝春秋　一九九五年 …大学で「ウィンド・フォールズ　どうぞご自由にお持ちください」の札と共に風で落ちた林檎が段ボールに山積みされる、という話も紹介されている。

36　夜濯《よすす》ぎやミッキーとミニーの笑顔あり

ハローキティ誕生から遡ること約五十年、一九二八年に生まれたアメリカの代表的なキャラクターがミッキーマウスである。ミッキーマウスはウォルト・ディズニーが作り出した偉大なキャラクターである。『ウォルト・ディズニー　すべては夢みることから始まるIt all begins with dreams.』には、ディズニーの言葉がいくつか紹介されている。

代表的なものは、「I only hope that we never lose sight of one thing — that it was all started by a Mouse. たったひとつ、決して忘れないようにと願うことがある——すべては一匹のネズミから始まった。」

ウォルトは愛するミッキーマウスといっしょに夢をみるのである。しかし、過酷なアメリカンビジネスの世界で、ミッキーマウスは「窮鼠猫を噛む」から生まれたという見方もできる。ウォルト・ディズニーはディズニー社を設立して間もない一九二七年、興行師の紹介でユニバーサル・ピクチャーズから依頼を受けて「オズワルド・ザ・ラッキー・ラビット」というウサギのオズワルドのアニメを作ってユニバーサル配給で公開した。大ヒットしたのだが興行師から法外な配給手数料を要求されたり、自社のアニメーターを引き抜かれたり、挙げ句の果てに自社キャラクターの権利を配給会社に取られてしまう羽目に陥いってしまう。

しかし一九二八年、この逆境をはねのけてオズワルドに変わるキャラクターを作り出す。これがミッキーマウスである。オズワルドとミッキーマウスの姿・形はかなり似ていると思うのだが、とにかくミッキーマウスは一九二八年十一月十八日に短編映画「蒸気船ウィリー」でデビューする。映像と音声をシンクロさせ、当時としてはオリジナル性の高いものだった。ここからミッキーマウスは、ディズニーの夢を叶えるパートナーとなっていく。

映画のヒットが続いて、一九五五年七月十七日にはついにロサンゼルス近郊アナハイムにテーマパーク「ディズニーランド」をオープンする。今では世界に六か所のディズニーランドがあり、ミッキーマウスは世界のミッキーマウスになっている。弱小アニメ制作会社が大きな配給会社と並ぶ力を持つようになった。窮鼠が猫を噛んだのである。まさに「絶体絶命の場合に立ち至ると必死の勇気を出して、かえって強いものを破ることがある。」を地で行ったのである。

一方、不幸の始まりを示す一匹のネズミもいる。

「四月十六日の朝、医師ベルナール・リウーは、診察室から出かけようとして、階段口のまんなかで一匹の死んだ鼠につまずいた。咄嗟《とっさ》に、気にもとめず押しのけて、階段を降りた。しかし、通りまで出て、その鼠がふだんいそうもない場所にいたという考えがふと浮かび、引っ返して門番に注意した。」

カミュの『ペスト』の書き出しである。病原菌を運ぶと言われるネズミは人間生活に悪影響を与える存在というイメージが強い。ディズニーも悪者のネズミを良いキャラクターにすることを意図してミッキーマウスやミニーマウスを登場させ、徹底的にキャラクターコントロールを行った。そしてミッキーマウスは、ネズミが人間にとっては都合の悪い動物という常識に対しても噛みついたのである。

●ＰＨＰ研究所編『ウォルト・ディズニー　すべては夢みることから始まる』ＰＨＰ研究所　二〇一三年…「ミッキーは、個性を持った最初のアニメキャラクターだ。初めから一人の人格として考え、ただのありふれたアニメキャラとか、よくあるコメディーの一役と思ったことはなかった。」とウォルトは言っている。

●「窮鼠猫を噛む」は、中国の前漢が財政的に苦しい状況を脱するために塩・鉄・酒の専売について論じた「塩鉄論」で「死に物狂いになった鼠は強敵である猫さえ噛むことがある」と書かれていることが由来と言われている

●アルベール・カミュ、宮崎嶺雄 訳『ペスト』新潮社　二〇〇四年

37　雨に咲く苺の花の白き傘

「ねずみ」という落語がある。粗末で繁盛してないねずみ屋という旅館に泊まって、気の毒になりネズミの彫り物を作る左甚五郎。その鼠が動き回って福ねずみと言われて評判になりねずみ屋が繁盛しだす。それを妬んだ向かいの虎屋という旅館も負けずに虎の彫り物を作って対抗する。その虎を見た彫り物のねずみが急に動きを止める。甚五郎が自分の作ったねずみの彫り物に「あんなできの良くない虎なのに、なぜお前は身を竦ませて動かないのか」と聞くと、ねずみが「えっ？　あれは虎ですか。てっきり猫かと思いました」

左甚五郎が実在したかどうかはわからない。いろいろなところに伝説や作品と言われているものが伝わっている。京都の知恩院御影堂の軒に「忘れ傘」がある。高いところに置かれており、見上げると骨だけの傘らしきものが見える。なぜこんなところに傘があるのか、いくつかの言い伝えがあって面白い。江戸時代に御影堂が再建された時に左甚五郎が魔除けのために置いたとも言われている。また、狐が恩返しに置いていったという説もあるそうだ。十数年前の大修理の時も手をつけずに置かれたということである。謎のままなのである。

知恩院は浄土宗の総本山であるが、徳川家康が熱心な浄土宗信者であったことから母である於大の方の永代菩提寺にするなど、長い間徳川家の手厚い庇護を受けてきた。知恩院の寺紋が三つ葉葵で、徳川家と同じであることも興味深い。一方、六世紀の中ごろ、蓋《きぬがさ》というものがあり、これは傘の周りに布《きれ》を張り巡らして房をつけたもので、天皇や公家たちの頭上に差しかけ、権威の象徴として使われていたらしい。そのうち、貴族や僧侶の日除け傘として使われるようになる。傘がいわゆる雨傘として多く使われだしたのは江戸時代で庶民にも使われるようになったのは元禄年間（一六八八年〜一七〇四年）だという。

御影堂は一六三九年（寛永十六年）に徳川家光の寄進で再建されているが、一七〇二年（元禄十五年）に大修理がされ、あとは明治と平成に大修理が行われただけである。

左甚五郎作という説を採るとすれば、傘が置かれたのは彼の存命期間中（一五八四年〜一六四四年と言われている）でそれなりの年代とすると家光による再建のころとなる。家康は数え年七十五歳で亡くなったが、二代目秀忠は家康より若く五十三歳で亡くなっている。家光が三代将軍となって、御影堂再建の時にその長寿を願って傘を置いたと考えることは推測できないだろうか。

賀寿の世界では、傘寿は八十歳の祝いである。賀寿は中国の風習を取り入れたもので日本では奈良時代から行われていたが、喜寿（七十七歳）以降のお祝いは室町時代から始まったという。とすると江戸時代には傘寿の祝いはあったということになる。

左甚五郎は家光が家康よりも長生きすることを傘に託し、その恐れ多い望みを目立たせないために御影堂の軒下に置いたのか。しかし、その家光も四十七歳の若さで亡くなった。

傘の効き目がなかったのだろう。やっぱりこの仮説には無理があるに違いない。

●「ねずみ」左甚五郎ものの落語の一つ。虎の彫物が虎に見えないでき損ない、というのがオチになっている。

●「知恩院」https://www.chion-in.or.jp/ …知恩院には七不思議がある。「鶯張りの廊下」「三門楼上の白木の棺」「抜け雀の襖絵」「三方正面真向の猫」「廊下の梁上の大杓子」「瓜生石」そして「忘れ傘」である。いずれもそれなりの説明がある。「忘れ傘」には、魔除けや白狐の恩返しなどの謂《いわ》れのほかに、傘が雨水に関係することから火除けのお守りという説もある。

●賀寿にはそれぞれ色があり、還暦の赤はよく知られている。古希・喜寿は紫、傘寿・米寿は金茶、卒寿・白寿は白となっている。ちなみに百二十歳を迎えると大還暦と言われるのだが、色までは想定されていないようである。

38　行幸殿残りし礎石に秋時雨

知恩院は徳川家ゆかりの寺院であり、門跡は皇族から迎えていた。いわゆる宮門跡である。朝廷との繋がりを意識していたのであろう。家康は二代目秀忠の娘和子を、御水尾天皇の皇后として入内させることを目論み、いろいろ経過はあったもののこれを成し遂げる。しかし、徳川家と御水尾天皇との間で確執は生まれたようだ。徳川家にとって朝廷を管理下に置くことは安定政権を確実にするためには必要なことだったのだろう。そのための機能が知恩院だった。そして知恩院とその役割を二分したのが二条城である。二条城は家康・秀忠・家光、そして後陽成天皇・智仁親王・御水尾天皇を巡る、冷たい戦争の徳川方の前線基地であった。さまざまな出来事を経て経済的・政治的に有利な徳川が勝利したのは言うまでもなかった。二条城には三代家光のあとの将軍は十四代の家茂まで来ていない。家光の時代で、徳川と朝廷の勝負がついたということであろう。

京都所司代という徳川幕府の役所があった。朝廷の監視という役割を実務上担った役所である。朝廷を監視しつつ日常的には柔らかな繋がりを持つという意味では大変な役割だったのであろう。初代所司代の奥平信昌は一年の在任であったが、そのあとの板倉勝重・

重宗父子の在任はそれぞれ十八年・三十五年と歴代の所司代の中でもかなり長い。家康・秀忠・家光の指示を受け、時に厳しく時には柔らかく対朝廷対策を行った。さらに多くの公家たちと文化的接触を深め徳川シンパの多数派工作も行っていた。将軍家の信任が厚かったことが、長期に所司代を務めたことに繫がったのであろう。一六四九年（慶安二年）四月三日、重宗は茶会を開く。熊倉功夫の『後水尾天皇』によれば、

「『仙洞様ヨリ御花、上様御茶の御心味、脇ナルハ信濃殿ノ花、加様ノ儀ハ京ニテモ、奈良ニテモ成間敷ゾト也』（松屋会記）（中略）仙洞院すなわち御水尾院の花、そして将軍徳川家光の茶、これにかっての老中として重きをなした永井尚政の脇の花、これほどのとりあわせは京都にも奈良にも、いいかえれば日本中どこにもないぞ、（中略）朝幕間の融和に父子二代五十年間をかけてきた重宗の万感の想いがこめられているように思える。御水尾院と徳川家光が花と茶となって相並ぶこの茶会の亭主が京都所司代板倉周防守重宗。重宗の心中の言葉を想像すれば、まさに我が父子なくしては、この茶の湯は実現することはなかったであろう」

ここまで来るのに、和子入内、後水尾天皇の二条城行幸、御水尾天皇譲位落飾《らくしょく》（出家）、紫衣事件をはじめとする多くの朝幕の確執があった。さまざまな想いが巡ったであろう。重宗のまさに「心中の言葉」はさもありなんである。徳川の政治的な力だけでなく、勝

重・重宗父子の文化的素養・気遣い・金遣い・人間性・政治感覚などが複合的に影響しあったことの結果であった。二条城二の丸庭園の片隅には今でも行幸殿の建物の礎石の一部が残っている。板倉父子の想いとはまた違った後水尾天皇の想いが礎石から偲ばれる。家康も長寿であったが、御水尾天皇は家康より十年長く八十五歳まで生きて天寿をまっとうした。

●熊倉功夫『後水尾天皇』中央公論新社　二〇一〇年　…「後水尾天皇の二条城行幸は記念すべきものであった。次に天皇が禁中を出るのは幕府崩壊の時である。すなわち中世以来、幕府が、天皇の権威を行幸という形で受け止め、支配のてことするパターンは、この寛永三年の行幸をもって終焉となったのである。以後、幕府は天皇の権威を必要としないほどの強力な権力を作り上げてゆく。」とある。二条城行幸は幕府の権力誇示だけが目的だった。後水尾天皇が退位し上皇となると、二条城行幸殿は解体されて御所に移築された。一六三四年（寛永十一年）に家光が三十万の兵を連れて上洛し二条城に入ったあとは、雨風や地震、落雷そして時の経過とともに老朽化が進み、天明の大火で失われた建物は再建されず、幕末まで二条城が歴史の表舞台に出ることはなかった。

39　慶喜が喉火傷せしさつま汁

一八六七年（慶応三年）十月十三日、十五代将軍徳川慶喜は約四十藩の重臣を二条城に集め大政奉還を諮問し、翌十四日に大政奉還奏上、十五日には明治天皇が奏上を勅許した。同年十二月十二日、慶喜は東の大手門ではなく裏の西門から大阪を目指して二条城を去った。二条城は徳川の終わりを見届けた。

久住真也の『王政復古　天皇と将軍の明治維新』では、一八六八年（明治元年）には、「二月三日に（明治天皇の）二条城行幸は実現し、前述の八局制への制度改革が断行されるとともに、徳川慶喜追討の大号令が発せられた。」

とあり、明治になるとともに慶喜は彼の想いとは別に朝敵となったのである。この時、二条城唐門にあった葵紋の金具の上には、菊紋の金具が被せられていたのである。

それから三十年が経ち、一八九八年（明治三十一年）三月、明治天皇は徳川慶喜を皇居に招いて皇后を含めて晩餐をとっている。慶喜は維新後一八九七年（明治三十年）までは静岡で過ごしており、同年十一月には東京の巣鴨へ移り住んでいるのだが、天皇拝謁を意図した東京への転居だったのであろう。有栖川宮や勝海舟が仲介の労をとったようである。

謹慎の身としては人に会うことを控えていたようであるが、さすがに三十年という月日が気持ちをほぐさせたのである。

一八九八年というと、一八九五年（明治二十八年）に日清戦争に勝利した後、新しい日本の国の形が見えつつあり欧米列強に並びはしないものの国際的にも存在が認められつつあった時期である。明治天皇としても余裕を持って慶喜に会うことができたのだろう。安藤優一郎は『渋沢栄一と勝海舟　幕末がわかる！　慶喜をめぐる二人の暗闘』で、

「皇居で天皇への拝謁を許されたことで、晴れて慶喜は朝敵としての過去に訣別することができた。慶喜はもちろん、海舟にとっても感慨深い記念日であった。」

と書いている。慶喜は早い時期にそれなりの職位も受けて朝敵の汚名は消されていたようだが、明治天皇と会ったのちには華族となって公爵を授与され、さらに勲四等旭日小綬章、勲一等旭日大綬章、没した一九一三年（大正二年）には旭日桐花大綬章を授与され、朝敵どころか明治維新の一大功労者として位置づけられたのである。

明治天皇との晩餐にはどんな話題が出たのかももちろん気になるが、どんなメニューだったのかも興味深い。このころはすでに宮中の正式な晩餐も西洋料理となっていただろうし、慶喜は肉や珈琲なども大好物だったらしいから、フランス料理にシャンパンやワインといったところだろうか。

慶喜は特に豚が好きだった。豚を食べることを常としていた薩摩からは慶喜に豚肉が献上されていたし、慶喜は催促もしたようである。当時の食べ方としては塩漬けや豚の入ったさつま汁・炒り豚などだが、文献にはベーコンのようなものなのか煙豚というような表現もあるという。好奇心旺盛な慶喜らしい。

徳川慶朝の『徳川慶喜家の食卓』によれば、六十五歳も過ぎたころからは体のため、「一切硬き食物を避けて、好まれし香の物なども多くは取らせ給わず、常に日本食の淡白なるを好まれ」

ということだったようだが、時々は好きな洋食も食べていたらしい。

●久住真也『王政復古　天皇と将軍の明治維新』講談社　二〇一八年
●安藤雄一郎『渋沢栄一と勝海舟　幕末がわかる！　慶喜をめぐる二人の暗闘』朝日新聞出版　二〇二〇年
●徳川慶朝『徳川慶喜家の食卓』文藝春秋　二〇〇八年　…著者は徳川慶喜の曾孫である。静岡の家も巣鴨の家も近くに電車の駅ができると引っ越しをしている。音がうるさく賑やかになるのを嫌ったようである。

40　トンカツに負けず劣らず春キャベツ

豚料理といえばトンカツである。気力・体力が充実しているとさらにトンカツは美味しい。キャベツの千切りをたっぷり付け合わせたトンカツ定食を食べられるのは心身ともに健康な証拠である。ご飯・味噌汁・香の物、そしてカツと山盛りの千切りキャベツがセットである。千切りキャベツは見た目に細くふわっと盛られ、全部食べられるかなと思うくらいになっているのが良い。一箸入れて空気と合わせてキャベツを一口分やわらかく挟む。何もつけずにキャベツの甘みだけで食べる。その甘味が消えるころ味噌汁を少し飲む。次はトンカツだが、その前にソースが重要である。

私は、フランスの高級ブランド「エルメス」と同じ綴りの「HERMES」のソースを愛用している。パリから取り寄せるまでもない。日本で手に入る。地ソースと呼ばれているもので、大阪は針中野の食品会社が作っている。HERMESはギリシャ神話に登場する商業の神様の名前で、この神様の持ち物である「カドゥケウスの杖」を、創業八十五年のこの食品会社はトレードマークとしている。ちなみにソースは、「HERMES」と書いてヘルメスと読む。「ほんまかいな」という感がしないでもないが、ほんまである。このソースと練り辛子との相性もいい。

トンカツはできあがりで厚み一センチ強くらいが程よい。衣はカリッとして肉は芯の部分に少し桜色が残るほどの揚げ具合。ソースもあまりたくさんはかけない。少し脂身の入った端の一切れから口に運ぶ。揚げたての熱の残る衣が歯にあたる。衣を噛むと同時に中の肉の弾力が油とともに歯を跳ね返そうとする。それを容赦なく噛む。何回か噛んでいくと口中で馴染んでくる。温かいご飯を食べる。少し硬めのご飯がいい。茶碗の中のご飯にソースがわずかばかり付いていてトンカツを食べている場を脇から支える。三切れ目から四切れ目くらいがいよいよ真ん中の一番魅力的なところで、トンカツ定食の山場を迎える。やわらかいが噛みごたえがある肉。肉を食べている充実感が自分の元気さを認識させてくれる。ありがたい至福である。さらに二、三切れ箸を進めるとトンカツ定食は終焉に近づいていく。そして、最後の端の一切れが口に余韻を残す。そのころにはキャベツも最後の一口あまりを残すのみである。味噌汁を飲み干していよいよ終盤を迎える。香の物を食べてエンドマークが出る。お茶を飲み、トンカツの余韻と満腹感に浸りながら席を立つのである。

青沼陽一郎の『侵略する豚』には、一九六〇年（昭和三十五年）一月二十日にアメリカから山梨へ三十五頭の種豚が空輸されたことが書かれている。台風で被害を受けた山梨の養豚業を支援するためであった。養豚業は復活するがアメリカから飼料としてトウモロコシを輸入することとなる。今や飼料用のトウモロコシは一〇〇パーセント輸入品であり、輸入先はほとんどアメリカである。日本に三十五頭の種豚を贈ったのは全米トウモロコシ生産者協会だったというから、まさに「情けは人のためならず」だったのである。日本の食料自給率（カロリーベース）は一九六五年の七三パーセントから二〇一九年の三七パーセントへ、飼料自給率は同じく五五パーセントから二五パーセントと減少している。この話を聞くと、トンカツは美味しいとばかりも言っていられないのである。

●「株式会社石見食品工業」http://www.ifpro.co.jp/page022.html …ソースは家内工業で生産量に限りがあり、ネット販売の各製品とも一、二か月待ちという。

●青沼陽一郎『侵略する豚』小学館　二〇一七年…「どうして農家が人のために食べ物を作っちゃいけないんだい？　米国の農業従事者は自給自足を目的にしているわけではないんだよ。世界中の多くの人を食べさせていかなければいけない。そういう文化が根付いているんだ。」アイオワの養豚業者の言葉。いかにもアメリカである。

41　寒き部屋シクラメンの白清らかに

「豚の饅頭」という春の季語があるのだが、どんな料理かと思って調べてみたらシクラメンの和名であった。イタリアでは豚がシクラメンの球根を好物にしていることから、ついた名前が豚の饅頭ということらしい。いささかシクラメンに気の毒な感じがする。シクラメンのために言っておくと、篝火花《かがりびはな》という粋な和名もある。これは赤いシクラメンである。白いシクラメンは寂しさを優しく包みこむように可憐な花をつける。

ところで、神戸では毎年十一月に豚饅サミットが開かれる。老祥記、四興樓、三宮一貫楼が発起人となってもう十年くらい続いている。今では多くの豚饅屋さん（中華料理屋さん）が参加しているようだ。そもそも豚饅頭は、老祥記の初代が一九一五年（大正四年）に来日して神戸の南京町で店を開き、天津包子《てんしんぱおつー》と呼ばれるものを日本人になじむようにと考えて生み出したもので、店は「元祖豚饅頭の店」として知られている。小さな店だが行列が絶えない。もともと包子は中国の点心の一種で、小麦粉を蒸して作り中に具を包んでいるものを言ったようである。中に具のないものは単なる饅頭《まんとう》である。日本では饅頭のなかに豚肉を包んだものが豚饅や肉まんとして親しまれている。

日本で包子にあたる食べ物はおにぎりであろう。シャケや梅干、おかか、昆布などいろいろな具をご飯で包むおにぎりは手軽な携帯食として今でも食べられている。それぞれの家庭の味や形があるし、お母さんの工夫でおしゃれなおにぎりがネット上を賑わせている。もともとはご飯だけのおにぎりで饅頭のスタイルであったが、鎌倉時代には梅干し入りのおにぎりが兵糧として配られたようだ。携行食としておかずを主食に包むというスタイルはおそらく自然にできあがっていったのだろう。江戸時代になると海苔の養殖が盛んになり、明治には味付け海苔ができておにぎりに海苔を巻くスタイルが一般化する。

「包む」は「握る」や「結ぶ」「巻く」という一手間をかけることに繋がって、そこから作り手の気持ちのようなものが伝わる行為である。挟む文化とは違う。サンドイッチのように挟むほうが手軽で便利という気もするが、やはり手間数が多いものは手作りの味や温もりをより強く伝えることができる。

包む文化は、袱紗や風呂敷・熨斗袋などだけでなく、お店の包装紙から食材を包む竹皮に至るまで日本の生活に密着している。竹皮はおにぎりやお肉などの食材を包む材料として見直され、今でも高級なお肉屋さんではよく使われている。包むことで中のものを守るという機能的な効果はもちろんだが、いかに美しく包むかという美意識も大切である。小学生のころ、お肉屋さんが素早くお肉を竹皮に包んだあとで竹の紐でクルクルっと回してきちんと結ぶ動きは無駄がなくて格好がいいなと思った記憶がある。四角の箱だけでなく丸い缶のようなものでも綺麗に包装紙で包まれてゆく。シールの使用を最小限にとどめたその仕上がりも見事である。袱紗や風呂敷などは包むだけでなく、包みを解く仕草までもが優雅である。美しい仕草に囲まれた生活は素敵である。

●「老祥記」…https://roushouki.com/ 神戸元町にある「元祖豚饅頭の店」である。今は四代目が店を引き継いでいる。

●袱紗の意味を調べると「包装・覆いとしての実用性を超えて、熨斗袋の水引が崩れたり袋が皺になることを防ぎ、また先方の心中や祭礼を重んじ、喜びや悲しみを共にする気持ちを示す意味を持つ。熨斗袋で金封し、さらに袱紗で包むことで、礼節と肌理細やかな心遣いを示すものである。」となっている。

●ネット販売では、包装をする行為を見ることはできない。買ったものより大きい箱で運ばれてきて、無粋なビニールで動かないようにパックされている。機能面だけの処理なので、包んでいるのではなく固定されているのである。送られてくる品物が単なる物に見えてくる。

42　若夏の恋包み込み遥かなり

一保堂茶舗のオーナー夫人、渡辺都が『お茶の味』で〝包む〟ことについて書いている。
「新たに入社した人たちが最初に覚える仕事の一つに、お茶の箱や缶を、紙で包む仕事があります。お客様の前で、ササッと包めるようになるまでにはかなりの量の練習はもちろん、度胸も必要となります。お急ぎと分かっている時に限って失敗をしてしまいがちです。動かないようにベタベタ止めるためのテープを貼るのはもってのほかです。（中略）丸い缶は丸みに沿って扇状にダーツをとると、きれいに仕上がります。（中略）ところで贈り物にお使いになるお茶の包みは、紙の手提げ袋に入れてお渡ししています。（中略）そんな時、正絹の風呂敷をお持ちになって『このまま持っていくので、紙袋の代わりにこれで包んでください』とおっしゃれば素敵、と思うのですが、残念ながらなかなかお目にはかかれません。」

紙で丁寧に包まれたものをさらに風呂敷で包むのがやはり素適なのである。大切なものをあなたに贈るということが言葉に出さずとも伝わるという日本的なさりげない気持ちの使い方である。

四角い箱でも包み方には「合わせ包み」や「斜め包み」などがあって、日本の百貨店ではお客さまに礼を尽くすと言う意味を込めて手間のかかる斜め包みを採用するのが一般的である。角がきちんと出て最後に止めるところにのみシールを貼るその包み方は、見ていても気持ちがいいしでき栄えも美しい。箱を上手に回転させながら、素早く包みあげるのは職人技に近く、外国の百貨店では見られない光景である。きちんと剝がすと全く破らずに包み紙を外すことができ、外された百貨店の包装紙は折りたたんでとっておいていろいろな形で役立てたものである。斜め包みは、百貨店包みやデパート包みとも呼ばれているそうだ。

幸田文の『包む』というエッセイがある。「菓子」という題の話がすこぶるいい。「それで何も云えずできずで、とうとう包んだまゝに終わってしまった」という文章が出てくる。「若いとき好きになった人はいつまでも忘れませんなあ」という某人のつぶやきのあとに続く物言いである。好きな人に告白できず、ましてや手の一つも握らないで思いを自分の心の内に包み込んでしまった、という意味であろうか。日本人は気持ちまで包んでしまうのである。「包む恋」という言葉も出てくる。父の幸田露伴の「話そのものが十何年も包んできた話じゃないか。お前の御返礼の趣向も急ぐことはない。包んで棚の上に乗せておくのもわるくない。無理に調えるならそれはやぼというものだ」も粋な言葉である。あとがきには「何をお包みいたしましょう」という云い方について書かれている。今ではまず聞かれないが、明治、大正のころである。幸田文が子供時分にお使いに行くとお店の人が、子供にも丁寧に「いらっしゃいまし」「何をお包みいたしましょう」とお店の人が声を掛ける。そして、買い物をしたあとの嬉しい気持ちに触れている。

「子供ごころにも浸み入るようなことばの味はなつかしい。『包む』には庇う心がある。」包むという言葉の広さに目を見張る。耳に聞こえる以上に含みを持った言葉の連なりが日本の文化を作っている。大切にしなければならない。

●渡辺都『お茶の味　京都寺町　一保堂茶舗』新潮社　二〇二〇年　…「外国映画などで、綺麗な包み紙で覆われた贈り物を、ビリビリと紙を破いて取り出していくシーンがあります。ああ、きれいな紙なのに……。」とも書いてある。
●幸田文『包む』講談社　二〇一二年　…この本には幸田露伴も登場する。
●風呂敷は、包むと結ぶのセットである。「結ぶ」にも含みがある。苔生すの「むす」がそもそもの意味らしい。生み出すというような意味がある。ムスコやムスメという言葉もそれに繋がっている。

43　初春やケチャップライスの日章旗

百貨店がすごいのは、もちろん百貨店包みの美しさだけではない。百貨店は日本の高度経済成長期の消費を牽引していたシンボルだったのである。子供のころ、よそ行きを着て百貨店へ行くのは楽しみだった。一九六〇年代前半（昭和三十年代後半）である。大食堂や屋上が記憶に残る。お子様ランチなどという子供が喜びそうなメニューもあった。丸く型取られたケチャップライスの上になぜか日章旗が立っている不思議な食べ物だった。屋上には売店や子供向けの可愛らしい乗り物があって、望遠鏡もあった。エスカレーターやエレベータに乗ることができるのも百貨店ならではだった。百貨店と言うよりデパートと言うのがおしゃれだった。「デパートに行こう」は、子供にとっても豊かな生活を感じさせる夢の空間だった。催事場という場所があって、いわゆる特売の場所になっていたが絵や陶芸の展示会などの催しもあって、その文化的な匂いも都会の優雅さを感じさせていた。

世界最初の百貨店はパリのボン・マルシェだと言われている。豊富な品揃え、出入り自由、バーゲン・セールやショーケースによる商品展示、値札のついた定価販売など今日の百貨店の販売スタイルを初めて取り入れたのである。ボン・マルシェは一八五二年にアリスティッド・プシコーがその共同経営に参画し、一八六三年にはプシコーの単独経営になって百貨店として大きく花開いていった。一八八七年にはワンブロックに新たなイメージを持った巨大百貨店を完成させる。新興中産階級の上昇志向とフランスの階級社会を巧みに利用し、アッパーミドルのライフスタイルの提唱をそのビジネス・コンセプトとしていた。

鹿島茂は『デパートを発明した夫婦』で、

「あくまで、願望として、あるいは意識の上だけでアッパー・ミドルと思い込んでいる階層に向けてのメッセージだった。というのも、こうした理想の生活を現実に送っている階層は、実際にはボン・マルシェで買い物などしなかったからである。（中略）ボン・マルシェは、新興中産階級が、とりわけこの階級の女性が持っていた奢侈への罪意識を取り除いてやることに成功したということになる。たとえ、贅沢な商品を買ってしまったとしても、それは、階級としての義務を果たしているのだからしかたがないというわけだ。」

と書いている。

また、一八七二年には店内に読書室を設け買い物をしなくても使えるスペースを作り、待ち合わせや休憩にも使えるようにした。階段の部分は吹き抜けを作って空間的な魅力づけも行っている。ここはギャラリーとして絵画の展示会やコンサートなどにも使われ、百貨店の文化事業の草分けともなった。子供向けの商品も充実していた。また、サロンやレストランを作ったり、トイレや洗面所などの女性用のサニタリースペースを清潔で魅力的にするなどの工夫も行っていた。まさに今の百貨店と全く同じである。顧客対応を円滑にするために、待遇だけでなく社会的地位の低かった百貨店の従業員教育にも気を配った。プシコーのあとはプシコー夫人がしっかりと引き継ぎ、今ではＬＶＭＨグループの傘下に入ってビジネスを継続している。

●鹿島茂『デパートを発明した夫婦』講談社　一九九一年 …ボン・マルシェは、ラファイエットやプランタンとは違って気取らない百貨店である。特に食品売り場は定評がありジャムやマドレーヌをたくさん買った覚えがある。カラフルでゆったりしたスペースで楽しく買い物ができる。パリへ行った時の楽しみの一つである。セーヌ川の南岸の七区にある。ボンは「良い」、マルシェは「市場」。大衆的な百貨店と言われる所以である。二〇一七年には「ラ・グランド・エピスリー・ド・パリ」という新たな食品館もできたようで、日本人観光客にとって手頃なパリ土産が揃う場所となっている。

44　睡蓮と光戯る水ゆらら

一八五二年、プシコーが、ボン・マルシェの共同経営者になった年は、フランスの第二帝政が始まった年であり、ナポレオン三世（ナポレオン・ボナパルトの甥）が皇帝となって近代化を進めた年である。彼は普通選挙・海外進出・産業革命・中産階級と労働者の保護・都市改造などに力を注いだ。そしてナポレオン三世は自ら「ナポレオン主義者」と称するオスマンを指名してパリの大改造に当たらせた。

オスマンによって行われた都市改造は近代化の代表的な動きであった。ナポレオン三世はニューヨークやロンドンなどの大都市を見ており、パリの改造についてオスマンとともに力を注いだ。

高村忠成は『ナポレオン入門』で、

「パリの大改造がなぜできたかというと、オスマン男爵はパリの育ちではありませんでした。ナポレオンⅢ世もパリの育ちではありません。パリをほとんど知りませんでした。したがって、自分の故郷に対する愛着や未練は一切なかったのです。そのため改革が成功したのです。」

と指摘している。大規模建築物の整備、公園・街路樹の整備、水道や下水道の整備が行われ、美しい都市パリの基本的インフラが作られた。そしてナポレオン三世の第二帝政時代には、一八五五年と一八六七年の二回、パリで万国博覧会が開催された。何とか「花の都パリ」と言えるようになったのである。

もう少しはっきり言うと、少なくとも都市改造までのパリは決して美しくなかった。鹿島茂は『パリ時間旅行』で、

「アラン・コルバンが『においの歴史』で強調したように、十八世紀の中頃までは、人の体も臭かったが、人間を囲む環境も臭かった。まず、下水道が存在していなかったので、糞尿は壺にたまったものを窓から歩道に投げ捨てると言うことが日常的に行われていたし、生ゴミもほぼ同様だった。(中略)悪臭に対する許容範囲もきわめておおらかで、(中略)体の垢を落とすことは、病気を招く原因とも考えられていたのである。」

と書いている。パリに衛生観念が定着し、多くの人が清潔であることが良いことであると認識してそれが習慣として根付くまでには、十八世紀中ごろから百年以上待たなければならなかったのである。

美しい話に戻す。第二帝政スタートの一八五二年、セーヌ川沿いに小さな温室ができあがった。オレンジの木を保護するための施設でチュイルリー宮殿の一画に建てられた。今

ではチュイルリー公園の一画である。セーヌ川に面した南側はガラス面で北側は壁になっている。温室なので屋根もガラスである。一九二七年には、モネの睡蓮を自然光の中で展示するというモネ自身の意向に沿って美術館に改修された。その後、展示品の増加で睡蓮の展示空間の上部に二階が増築され睡蓮に自然光が届かなくなった。二〇〇六年に、ようやく元の姿を取り戻し自然光の入る睡蓮の展示室が復活した。既存の建物を活かし内部に新たな機能を加えて、デザイン的にドレスアップするというフランスお得意の手法がここでも使われている。巧みである。空から降る柔らかな光が薄い膜を通して睡蓮の展示室に注ぎ優しい空気を作る。楕円形にゆっくりとカーブを描く壁面に睡蓮の世界が広がりモネの風景にどっぷりと浸ることができる。幸せな空間である。ルーブルのような威圧感がなくリラックスできる建物である。ここオランジュリー美術館は可愛らしい美術館として人気がある。

●高村忠成『ナポレオン入門　1世の栄光と3世の挑戦』第三文明社　二〇〇八年
●鹿島茂『パリ時間旅行』中央公論新社　一九九七年　…ギャルリ・ヴィヴィエンヌのことも書いてある。私が行った時はきれいになっていたが、今はどうなっているだろうか。パサージュが少なくなってきているという。

45　夏の海嵐を呼んだ異国船

フランスの第二帝政が始まった一八五二年（嘉永五年）に『日本1852ペリー遠征計画の基礎資料』という日本にとって重要な本がニューヨークで発刊されている。ペリーがアメリカを出発する四か月前である。作者はチャールズ・マックファーレン。イギリス人で日本への渡航経験はないが、日本にいたことのある西洋人に取材をして、その結果を整理したのである。アメリカは自国の行動に対するアプローチとして調査・分析から始めたのだが、そのうちの一つがイギリス有数の歴史・地誌学者マックファーレンによるこの本なのである。日本国内の政治状況だけでなく、西洋との接触プロセスや地理・民族・歴史・宗教など十一の項目について書かれている。中でも興味深いのは、朝廷と幕府との関係である。実態をかなり把握している。

「共存する二つの王権の変則性については、（中略）それぞれが相手の干渉から独立し、国民の尊敬の対象になっている。国民の忠誠心の多寡をめぐって、それぞれが不満を漏らすようなことはない。少なくとも目に見える形では出てこない。」

として、Mikado（帝）の王権は神性によるもので「心の皇帝」、the Ziokgun（将軍）

は力によるものとして「世俗の皇帝」という表現を使っている。マックファーレンの優秀さも光るが、太平洋航路を開拓して従来の大西洋ルートよりも効率的に東洋に近づくというアメリカの「日本開国プロジェクト」の強い意志を感じる。このプロジェクトは、当時のアメリカの海軍力の四分の一を使った国家プロジェクトだったというから、日本遠征を担うペリーもさぞかし力が入っていたのだと思う。原題は「日本　地理と歴史　この列島の帝国が西洋人に知られてから現在まで、及びアメリカが準備する遠征計画について」という長いタイトルである。

渡辺惣樹は『日本開国』の中で、アメリカの真の目的は巨大な中国マーケットであったと書いており、ペリーは日本に来る船内でもこれをしっかりと頭に刻み込んだのである。浦賀に黒船が現れたのは一八五三年（嘉永六年）七月八日である。喜望峰を通って約八か月半の航海であった。アメリカはオランダに駐在する公使を通じて事前にオランダに通商交渉のための派遣であり、平和的な目的を持つものであることを日本側に伝えるように要請している。オランダは幕府に対して一六四一年（寛永十七年）から『オランダ風説書』を、一八四〇年（天保十一年）からは『別段風説書』も提出している。これによって幕府は欧米を含めた海外の状況把握に務めていた。一八五二年七月の『別段風説書』にはアメリカが日本との条約締結を求めておりそのために艦隊を派遣することが記載されているという。一八五八年（安政五年）日米修好通商条約が締結され、一八五九年（安政六年）七月より効力を発生。一八六〇年（万延元年）に条約批准書を交換するために、主艦ポーハタン号・随伴艦咸臨丸がアメリカに向けて浦賀を出航した。

浦賀は、徳川家康がスペイン船の寄港地として整備し、一六〇四年（慶長九年）から家光が鎖国を行う一六三九年（寛永十六年）まで、日本の貿易港であり毎年スペイン船が入港していた港なのである。鎖国から二百十四年後の一八五三年、奇しくも浦賀にペリーが来航して日本の幕末が始まった。一八六八年の明治維新まで残すところあと十五年である。

●チャールズ・マックファーレン、渡辺惣樹 訳『日本1852　ペリー遠征計画の基礎資料』草思社　二〇一八年 …「数世紀にわたってヨーロッパ人によって伝えられた文献と、数少ない日本訪問経験者との会話で得た情報をもとにまとめられています。ですから私たち日本人からすれば、彼の語る日本は『他人が書いた履歴書』のようなものです。」と訳者はまえがきで書いている。

●渡辺惣樹『日本開国』草思社　二〇一六年 …アメリカがペリー艦隊を派遣した理由、それは中国マーケットという貿易戦争で英国に勝つために、太平洋を超えた日本に貿易拠点を作ることだったのだ、と論じている。

46　血潮飛び刀剣が舞う雪の果

一八六〇年（万延元年）に条約批准書を交換するために、主艦ポーハタン号・随伴艦咸臨丸がアメリカに向けて浦賀を出航したのが一月。そして二か月後の三月三日桜田門外の変が起き、大老井伊直弼が暗殺された。この井伊直弼の首を巡って筒井康隆が書いたのが『万延元年のラグビー』である。一九六七年（昭和四十二年）大江健三郎の『万延元年のフットボール』が出版され、その五年後の一九七二年（昭和四十七年）に出版されている。将来のノーベル文学賞受賞者の大江健三郎におそらく敬意を払って、筒井康隆らしい筆致のストーリーで書かれた短編である。フットボールは難しい小説だが、ラグビーはいたって簡単。暗殺された井伊直弼の首を隠し持った遠藤家と首を取り戻そうとする井伊家の御庭番同士の首争奪戦。首をラグビーボールになぞらえて書かれた短編であるが、ラグビー用語はもちろんだが奇々怪々な擬音が使われていてグロテスクになる話がコミカルなタッチとなって綴られている。

Jリーグができたのが一九九三年（平成五年）、ラグビーで日本が南アフリカに勝ったブライトンの奇跡が二〇一五年（平成二十七年）。二つの小説が世に出たころはサッカーもラグビーもまだ日本では馴染みが薄かった。ましてや万延元年、日本のラグビー人口は皆無である。井伊家は長崎でイギリス人からラグビーを習った御庭番を先頭にしてチームを作り、遠藤家は一九四八年からタイムスリップしたケンブリッジ大学二軍チームを雇っている。筒井康隆も書いているが、井伊直弼が暗殺されたのは徳川斉昭の牛肉の恨みが原因だというのは俗説として有名な話らしい。近江牛が好物だった水戸藩の斉昭、近江牛の屠殺を禁じた彦根藩の直弼。滋養効果があるとして斉昭が好んで食べていたのは味噌漬けや粕漬けであった。斉昭のストレスはいかばかりか。当時は「食べ物の恨みおそろし雪の朝」「大老が牛の代わりに首切られ」という落首もあったという。

桜田門外の変は、小説や映画・テレビドラマにもなっている。まず思い浮かぶのは舟橋聖一の『花の生涯』である。原作は一九五二年（昭和二十七年）から一九五三年（昭和二十八年）にかけて毎日新聞に連載された。年齢によってはＮＨＫの第一回大河ドラマというほうがわかりやすい。一九六三年（昭和三十八年）の放送で白黒の画面であった。尾上松緑の重厚な井伊直弼、佐田啓二の明晰な長野主膳、淡島千景の美しいたか女など、今でも記憶にある。時代劇好きな父が観ていたのを一緒に見ていたのだと思う。井伊直弼を襲う側の人たちのことは覚えていないのだが、調べてみると水戸藩の襲撃現場指揮者、関鉄之助を演じたのは江見俊太郎という俳優で悪役をよく演じる個性派であった。水戸藩の東側は太平洋に面し海岸には異国の船が漂着することもあった。異国が日本を侵略するときには水戸藩の東海岸に上陸して江戸に向かうのではないかと藩士たちは考えていた。関鉄之助はそんな水戸藩で育った。他藩の藩士とは意識が違っていた。藩主の徳川斉昭を含め多くの藩士たちが尊王攘夷を主張したのも解らないではない。

吉村昭の『桜田門外ノ変』は、その関鉄之助を主人公として書かれている。二〇一〇年（平成二十二年）、この本を原作とする東映映画「桜田門外の変」の井伊直弼襲撃場面は迫力があった。その昔、父と劇場で東映チャンバラ映画を見たのを思い出した。

●筒井康隆『将軍が目醒めた時』新潮社　一九七六年　…「万延元年のラグビー」収録

●舟橋聖一『花の生涯』祥伝社　二〇〇七年　…「（馬鹿者―自分を殺して、どうなるというのだ）心の底から、憎悪がつき上げてきた。（中略）実際は政治的権力に盲目になっている或る男に操られて、自分を殺しにやって来た愚かな刺客にすぎない。」と井伊直弼の最後の思いを書いている。

●吉村昭『桜田門外ノ変』新潮社　一九九五年　…映画「桜田門外ノ変」では大沢たかおが関鉄之助を演じていた。ちなみに一八六〇年三月三日はまだ安政七年である。安政五年から六年にかけて安政の大獄が行われ、大老井伊直弼は尊王攘夷派を弾圧した。万延元年は三月十八日から始まる。

47　春の宵小さき座布団寄席囃子

劇場には独特の雰囲気がある。開演前のロビーの人混みを横目に見て劇場の中に入る。椅子の番号を見ながら階段を下りてゆく。席を探し当て座面を倒して腰を下ろす。椅子の貼地の心地よい肌触りと少し張り詰めた雰囲気が非日常感を盛り上げていく。おもむろに、壁や天井や照明を見渡す。音響を最適にするために内部に使われる材料や形がいろいろ工夫されている。プログラムを開いて主催者や演者のコメントを読む。そのうちに開演のブザーが鳴りそれまでのざわめきが少し弱まる。アナウンスが流れると徐々に静寂が訪れる。照明がおちて、ゆっくりと椅子にもたれる人、背筋を伸ばす人。いよいよ始まるという観客の期待感。静寂が最高潮に達することで観客の高揚感がよく伝わる。そして静かに幕が上がる。

『劇場建築とイス　客席から見た小宇宙1911－2018』という本がある。ある椅子メーカーがアーカイブとして作成したものである。劇場コンサルタントの草加叔也は、その中で「舞台芸術の鑑賞を支える大切な装置」と題して、

「隣り合う観客が、お互いが観ている舞台からの興奮や高ぶりを共有できるよう、必要以

上に客席幅を広げないことや背板を高くしすぎないことで、舞台での演技や演奏を客席相互に一体となって楽しむこと、隣席の観客の肩の震えを感じられること、さらには客席全体を包み込む万雷の拍手の渦の中に身を置くこと。そんな親和性や一体感を生み出すことも劇場体験の大いなる魅力となる。」

と書いている。

アートは、絵画や彫刻などの「ファイン・アーツ（純粋芸術）」と、演劇や演奏などの「パフォーミング・アーツ（実演芸術）」とに分類されるというのがこれまでの理解であるが、現在の多様な芸術の有り様からするとこのような分類だけでは整理できないというのが正直なところであろう。ただ、演劇やコンサートなどをみていると演者の生の声、生の動き、ほとばしる汗から受ける感動には何らかの言葉をつけてジャンルを規定するのは当然だと感じる。

歌舞伎・寄席など日本の伝統的なパフォーミング・アーツには桟敷席や座布団というのもまだ残っている。椅子の生活に慣れたものとしては決して座り心地は良くないが、雰囲気を作り出す一つの要素である。もともと桟敷席というのは一段高くなった席のことであり、歌舞伎座などでは一階客席の左右に設けられている。今では掘りごたつ形式でテーブルも付いていて座りやすくなっていて上等な席として位置付けられ値段も高い。もっとも、小さな落語会では、畳に座布団敷きの座席もまだまだ多く、これはこれで落語会らしいのである。

小豆島には農村歌舞伎が今でも少数ながら残っていて、舞台にはセリや回り舞台もあるという。約三百年の歴史を持ち地域の人々に愛されている。その観客席は青天井の芝生席である。まさに芝居である。今では芝居は演劇そのものを意味する言葉として使われているが、元々は見物席のことであった。桟敷に対して芝居は安価で手軽な大衆の見物席を指していたのである。草加叔也は、こうも書いている。

「くたびれて弾力を失った最小限の座布団と肩が触れ合うほどの客席空間でも、魅力的な舞台の感動を共有する仕掛けになることもある。」

●コトブキシーティング・アーカイブ企画・監修『劇場建築とイス　客席から見た小宇宙1911－2018』ブックエンド　二〇一九年　…一九二三年に帝国ホテルの演芸場に椅子を納めてから約百年にわたり、劇場建築の椅子を制作してきた会社の貴重なアーカイブである。「施主の時代」「芸術家の時代」「顧客の時代」「創客の時代」の四つの時代に分けて劇場が語られている。椅子からみた劇場建築の流れが理解できる。

48　シャンソンの歌声響く深き秋

先日、日本テレマン協会のコンサートに行った。大きな劇場ではなく古い建物のサロンのような場所で、決して音楽のためのスペースではない。七十名ほどのコンサートであったが、むしろ音楽を楽しめた感じがする。同じフロアの目の前に演奏者がいる。顔の表情や動きもよくわかる。何と言っても臨場感のあるライブは聞く方も演奏する方もともに楽しめる。椅子も上等な劇場用の椅子ではない。ただ、建物は古いとは言えそれなりの内装で、プライベート感のある音楽会という心地良さがあった。少し気取った劇場で聞くのもいいが、このようなこぢんまりとした音楽会もいいものだ。「フランス語で歌うシャンソン」というプログラムだったが、最初にビゼーの「カルメン」からハバネラ、マスネの「タイスの瞑想曲」、ドビュッシーの「弦楽四重奏曲ト短調第一楽章」から始まった。シャンソンもクラシックから派生したのだという説明があった。その後、馴染みの曲も含めて十三曲のシャンソンが歌われた。

シャンソンは「一編の短いドラマ」とも言われ、深い人生経験を物語るものである。歌うというよりも演じる歌であり、歌唱力は言うまでもないが歌い手の人生の深みや情の表し方が大切な聞かせどころである。話し言葉も使われていて日常感も現れる。よく歌われるシャンソンの日本語訳と原語の意味がかなり違うことがあるという。今回のコンサートに「フランス語で歌う」という形容詞が付いている理由でもある。もちろんフランス語を理解できない私のような観客のために和訳の映像が流れる。

「再会」というシャンソンが歌われた。別れた男女が偶然再会し、女性が思いを遠慮がちだが強く語るという歌詞である。フランスではあまりヒットしなかったらしいが、日本のシャンソン歌手はよく歌うそうだ。表現はストレートだが、最終的には今の彼を邪魔してはいけないという気持ちが日本人の感性に合っていたのだろう。

「これが人生ね　何も変えられない　私たちいまは他人同士なのね」切ない女性の思いが、女性シンガーの口から語られる。画面に映った和訳のうろ覚えである。「バラ色の人生」も歌われた。エディット・ピアフが歌い、オードリー・ヘップバーンも「麗しのサブリナ」で歌っていた美しいメロディーである。「行かないで」は少し複雑な歌である。男性が女性を振ったのだが、その男性が女性に「行かないで」と願うという身勝手な歌詞らしい。その作詞家は「男性の臆病さに向けた賛美歌」として作ったのだとの紹介があった。

歌詞がふるっている。最後のほうに「L'ombre de ton chien」と出てくる。辞書で調べるとL'ombre は影、ton chien はあなたの犬、つまりは「あなたの犬の影」である。そして「Not me quitte pas（行かないで）」というフレーズが続く。あなたの犬の影になってでもあなたのそばに居たいと歌うのである。理屈を超えた男性の臆病さに向けた賛美歌。凄い歌としか言いようがない。日本人から見ると、よくこんな歌詞が書けるなと感心する。ただ、日本にも〝未練〟という言葉がある。このような歌詞は書けなくても「男性の臆病さに向けた賛美歌」はあるのかもしれない。日本の演歌のねっとりした情と歌い方はシャンソンとは異なるが、本質的なところは同じなのだろう。

●「フランス語で歌うシャンソン Vol.11　日本テレマン協会マンスリーコンサート」二〇二〇年九月 於・大阪倶楽部

●フランス語の何とも言えない発音とリズムとメロディーが独特の空気を作る。シャンソンのコンサートは、むしろ一人で聞くほうが心に残る。帰りに駅のホームを見下ろす小さな店でワインを飲む。いろいろな街に向かう電車が出発する。家路を急ぐそれぞれの人に大事な生活がある。楽しいこともあれば、苦しいこともある。若き日の思い出。これからの人生。そして今。「平和で美しい国　信じあえる人ばかり　だけど明日はどうなることやら　誰もわかりはしないさ……」（CHE SARA）あー、これはシャンソンではなかったか。日々の小さな積み重ねの生活。シャンソンは沁みる。

49　夏深しできそこないの男たち

シャンソンが「行かないで」なら、演歌は「帰ってこいよ」である。一九八〇年（昭和五十五年）に松村和子が歌ってヒットした。女は東京へ出て行く。男は津軽で待っている。帰ってくるかと聞かれ女は小さくうなずいた。二人の異なる人生観、移ろうかもしれない気持ち、すれ違うかもしれない将来。東京で生活する女。女はどうしているだろか、不安が男に「帰ってこいよ」と山に向かって叫ばせる。かといって東京に行くとは口にしない。やはり日本にも「男性の臆病さに向けた賛美歌」がありそうだ。俗に「男は度胸　女は愛嬌」と言うが、どうもそうではなくて「男は臆病　女は大胆」と言うのが世の中の真実の姿かもしれない。

福岡伸一の『できそこないの男たち』には、生物学的に見れば生命体の基本形はメスで、その変形がオスだと書いてある。つまるところ男は女のできそこないだというのである。「あるいはこう言い換えることができる。男性は、生命の基本仕様である女性を作りかえて出来上がったものである。だから、ところどころに急場しのぎの、不細工な仕上がり具合になっているところがあると。」

受精卵発生後七週間目で、その動きが始まるという。そのまま行けば女性の形が素直に現れてくるところに、ある遺伝子が働き出して受精卵が男性化していく。その遺伝子は一九九〇年には海外の研究者によって特定されSRY遺伝子という名前もついている。女性になるべく成長している生命体が、その遺伝子によって男性にカスタマイズされるのである。つまり男性は生命体としては女性に比べて不完全な状態にあるというのだ。男性のほうがガンや心臓・脳疾患、感染症の疾病リスクが高く寿命も短いのは、それに起因しているのだと。そういえばCOVID－19に関しても「男性のほうが重症化しやすく、致死率が高いことを示す科学的根拠が増えている」と言う専門家もいて、その原因は生活習慣だけでなく性別による免疫力の違いではないかと考えられているらしい。

清川妙さんという女性がいる。いくつになっても柔軟性や前向きさを忘れないで自分の人生を進んでいく、そんな人生を送った人で小説家・随筆家として知られている。『八十四歳。英語、イギリス、ひとり旅』という本を書いている。五十三歳から英語を習い始め、何度かのイギリス取材旅行を経て、六十五歳からイギリスひとり旅をくりかえす。七十三歳でご主人と息子さんを亡くされたあともイギリスへのひとり旅を続け、八十四歳までの間に十三回のひとり旅をしている。彼女の前向きな性格も幸いしてイギリス各地に多くの友人を作り、「ひとりを生きる才能を持ちなさい」と自らに言い聞かせ、実にポジティブな人生を送り九十三歳で亡くなった。清川さんの本を読むと、勇気が湧いてくる。定年後に活き活きと過ごしている男性は二割未満というような話も聞くと、できそこないの男としては彼女のタフネスに学ばなければならないと思う。『できそこないの男たち』には、アリマキはメスだけで世代を紡ぐが気温が下がるとホルモンバランスが変化してメスのできそこないとしてオスができる、ヒトと原理は同じだとも書かれている。これはすべての生物に共通しているらしい。

●松村和子「帰ってこいよ」ビクター音楽産業　一九八〇年　…作詞：平山忠夫　作曲：一代のぼる　編曲：斉藤恒夫

●福岡伸一『できそこないの男たち』光文社　二〇〇八年　…「生物学の教科書はつまらない。」と書いている。難しいことも書いてあるが、確かにこの一冊を読むと生物学への興味が湧いてくる。教科書はこうあってほしい。

●清川妙『八十四歳。英語、イギリス、ひとり旅』小学館　二〇〇六年　…「私はいつも思っている。何かを始めるのに遅すぎることはない、と。」清川妙の『清川妙　91歳の人生塾』（小学館二〇一二年）の中の一説である。文章も優しいが、明確な生き方を持った清々しい人となりが偲ばれる。勇気づけられる。

50　花咲いておひとりさまの宵の宴

ひとり旅は気楽でいい。「おひとりさま」「ぼっち」という言葉もあってさまざまなビジネスの世界で「ひとり」がマーケティング対象となっている。『孤独のグルメ』の文庫版が少し売れ出したのが二〇〇〇年（平成十二年）、テレビドラマ放送が二〇一二年（平成二十四年）開始で、二〇一九年（令和元年）にはシーズン八が始まり、ここ四年は十二月三十一日に他局の強豪番組と並んで生放送という快挙まで行われている。

新戸雅章は、『天才ニコラ・テスラのことば』で、

「私の頭脳は隠遁と果てしない孤独の中でますます鋭利に、鋭敏になった。考えるためには巨大な研究所などいらない。独創は、創造的頭脳を損なう外部の影響がない隠遁において達成される。孤独になりなさい、それが発明の秘密なのだ。孤独になりなさい。アイデアが誕生するのはその時なのだ。」

という彼の言葉を紹介している。組織的な研究スタイルが重視される現在ではいささか古典的かもしれないが、多くの情報を集め、そして自分自身の感性を信じて考えることは今でも十分通じるやり方である。ニコラ・テスラは十九世紀末の「電流戦争」で交流を主

張してエジソンに勝利した。彼は世界的に有名な発明家で、テスラという名前は二〇〇三年設立のアメリカの自動車・エネルギー事業会社の社名に引き継がれているのである。

二〇一八年一月十七日、イギリスではスポーツ・市民社会担当政務次官の所管業務に「孤独問題に対する省庁横断的業務」が加えられた。翌日の朝日新聞デジタル版は「英国のメイ政権は十七日、新たに『孤独担当相』を設置した。」と報じている。もちろん社会問題となる孤独は政治的に解決されなければならないが、群れの中に居ながら精神的には群れないという孤独の楽しみ方はある。だから最近のおひとりさまブームも決しておかしな現象ではないのである。群れていることの安心感から脱して、時には群れないこと、あるいは群れないことに耐える精神力が注目されだしてきている。このような背景から孤独をもっと積極的に捉えていこうという孤独本と呼ばれる本が多く出されている。

中でも迫力があるのは岡本太郎の『自分の中に孤独を抱け』だろうか。

「人間が一番人間的なのは、孤独である時なんだ。だから僕は言いたい。孤独を悲壮感でとらえるな。(中略)人間全体、みんなの運命をとことんまで考えたら、人は必然的に孤独になる。孤独であるからこそ、無限の視野がひらける。」

岡本太郎ほど勇ましくはないが、私の人生でも群れの中での孤独感はあった。しかし、むしろ心地よい孤独感でもあった。「白鳥はかなしからずや空の青海のあをにも染まずただよう」という心境だった。曽野綾子は『「群れない」生き方』の中で、「夜の時間は、人間たちにとって、魂の輝きを見せる時なのではないかと思う。思考が内向きになった時、その人の精神は燃え上がる。外向きになっている昼間だけでは、外部から取り入れた刺激をまだ充分には消化しきれていない。」と書いている。一人になって思考が内向きになる時にこそ精神レベルが上がってじっくりと物事を考えることができると、言いたかったのである。

●新戸雅章 編著『天才ニコラ・テスラのことば　世界を変えた発明家の真実』小鳥遊書房　二〇一九年

●岡本太郎『自分の中に孤独を抱け』青春出版社　二〇一七年

●曽野綾子『「群れない」生き方　ひとり暮らし、私のルール』河出書房新社　二〇二〇年

●「白鳥はかなしからずや空の青海のあをにも…」は、若山牧水の短歌。歌集『海の声』『別離』に重複して掲載。叶わぬ恋の切なさを読んだ歌とのことであるが、「染まずただよう」がなんとも言えない寂寥感と凛とした孤独感として響くのは私だけなのだろうか。

51　美しきヒルサイド覆う星月夜

先日、魂の輝く夜の時間、ヒルサイドテラスの街を歩いた。私が学生の時に初めて来て、東京らしさを感じた街である。あの時代、社会に勢いがあって街も輝いていた。今のヒルサイドテラスの街並みは五十年かけて作られているが今もその輝きを失っていない。渋谷区猿楽町。ヒルサイドテラスに隣接して旧朝倉家住宅がある。大正期の和風住宅で都市周縁部にある大きな邸宅であること、近代の和風住宅の展開を知る上で重要であるということで二〇〇四年（平成十六年）に国の重要文化財に指定されている。朝倉家は元々この辺りで米穀店を営み、当主の朝倉虎次郎は東京府議会議長や渋谷区区議会議長を歴任したいわゆる地元の名士であって、この辺り一帯の地主でもあった。今でもこの辺りは朝倉不動産の所有である。ヒルサイドテラスと呼ばれる東京のおしゃれな雰囲気を醸し出す商業エリアであり住宅地である。周辺も高級住宅地として知られているので、一緒に歩いている犬からして違う。旧朝倉家住宅のほうは、戦後、社団法人中央競馬会、旧農林省などの手を経て一九六四年（昭和三十九年）からは経済企画庁の会議所として使われていたそうである。現在は文化庁が所有管理をしている。

朝倉不動産の方針は「不動産業は賃貸業である」という。分譲事業は不動産業ではないという強い意思である。つまり、事業主が長期にわたってまちづくりに関わっていけるかどうか、という観点である。建築家とオーナーとの関係も興味深い。前田礼の『ヒルサイドテラス物語』によれば、建築家はテナント説明会にも出てテナントに視界を遮る看板設置を控えてほしいという要請をしている。

「『もちろん、それでテナントがすべて納得したわけではありませんでしたが、ヒルサイドテラスはオーナーに言っても、建築家が納得しなければダメだ、ということはわかってもらえたようです。』しかしこうしたやりとりを経てテナントもまたそれがヒルサイドテラスのクオリティーを作っていることを知っていく。」

古い商業主義とは対極にあることがわかる話である。このような空気が、デザイナーやアーティストを呼び寄せる。建築・美術・音楽・文化といった一般商業ビルとは違った職種の人たちが集まって街を輝かせる。外国の大使館までもある。街に綺麗な色がついてくる。建築デザインと相まって、小粒だが芯の通った不動産業の矜持が良好な形で現れている。オーナーがこの街に住んでいることも大きくヒルサイドテラスを支えている。二〇〇〇年（平成十二年）秋からヒルサイドテラスの区域を超えて「アーバンビレッジ代官山」構想が持ち上がり、都市の中の村という概念を手掛かりにして「あるべき代官山像を模索」する動きが始まっている。

本阿弥光悦が京都の鷹ヶ峯に芸術家や工芸職人を集めて芸術村を作ったのが一六一五年（慶長二十年）。それから八十歳で亡くなるまで二十年を超えてこの地に住み、俵屋宗達の才能を見出し、その出会いは琳派へと繫がる。徳川との政治的な意味合いはさておき、光悦はマルチクリエーターとして芸術家たちをプロデュースしたのである。ヒルサイドテラスにも多くの才能ある人が集まってきた。ヒルサイドテラスを創った人は名プロデューサーなのである。

●「重要文化財　旧朝倉家住宅」パンフレット　渋谷区
●前田礼『ヒルサイドテラス物語　朝倉家と代官山のまちづくり』現代企画室　二〇〇二年
●約四百年前、本阿弥光悦は一族や工芸職人とともに京都の外れ鷹ケ峯に移り住んだ。光悦の死後、屋敷跡は光悦寺として今につづいている。
京都市は「京都新光悦村」構想を掲げ伝統産業と先端産業の融合拠点整備を目指している。「アーバンビレッジ代官山」もアートをベースとした街づくり構想である。

52　愛らしく風神雷神初笑い

俵屋宗達といえば風神雷神図が有名である。所有は京都の建仁寺。所蔵は国立京都博物館。本物はなかなか見ることはできないが、建仁寺にはレプリカがある。最新のデジタル技術で作られていて、レプリカとは言え迫力がある。構図のシンプルさと力強さ、風神や雷神のコミカルな顔つきが印象に残る。元々は建仁寺派の妙光寺という寺院が廃れた後、再興した豪商の打它公軌《うだつきんのり》が妙光寺のために俵屋宗達に描かせたもので、のちにそれが本山である建仁寺に寄贈されたというのが通説らしい。建仁寺は臨済宗の京都最古の禅寺で、一二〇二年（建仁二年）に源頼家によって開基され、開山は栄西である。今では臨済宗建仁寺派の大本山であるが、当初は天台・真言・禅宗の並立だったというから、鎌倉幕府の将軍といえども天台・真言に配慮せざるを得なかったのであろう。京都五山の一つでもあり格式の高い寺院であることは、寺号に当時の年号が付されていることからもわかる。風神雷神図を宗達が描いたという確たる証拠はないらしいのだが、宗達以外の作者を想定することができないという理由で宗達の作であることを疑う人はいない。しかし宗達という人のことはよくわからないらしい。

尾形光琳は宗達の風神雷神を、酒井抱一は尾形光琳の風神雷神を模写したのだが、元々のモデルは三十三間堂の千体千手観音像の守護神として鎌倉時代に作られた二十八体の像と並ぶ二体の風神・雷神像である。三十三間堂のＨＰによれば風神・雷神はインドの聖典に登場する神で、自然現象を神格化したもの。形は日本化されていて、後世の二神のイメージを決定づけたと言われている。鎌倉時代のこの二神像は、風雨を調えるだけでなく悪を懲らしめるという役割で、その形相は威嚇の表情である。守護神としての性格を持つ神であるとするならば、屏風に描かれた宗達の風神雷神が両端に配されているのは、二曲一双の屏風の中央のスペースには守護すべき何かがある前提で描かれたのではないか。雷神の体は白、風神の体は青である。陰陽五行説では白は西、青は東である。宗達の風神雷神は何かを中心として西と東に配されたとすると、妙光寺本尊の釈迦如来を中央にしてその守護神となることを意図した可能性もある。想像するのは楽しい。

三十三間堂では千手観音座像を含む千一体の観音像が御本尊であり、御本尊を守護するために左に雷神、右に風神が置かれている。後白河院の法住寺殿から見て西方に千一体の金色の観音像と二体の守護神という極楽浄土を置いたのである。浅草の雷門も正式名称は風雷神門であり南面する雷門の西に雷神像、東に風神像があり、本堂の聖観世音菩薩を守護しているのである。宗達は守護神としての特性を京都の洗練された都会的な色づかいや大胆な構図でグラフィカルに捉えて見せた。描かれた当時はどのような思いで見られたのかは知る由もないのだが、今の時代の感覚で見ると二神の顔や体はコミカルだし愛嬌を振りまいているようにさえ見える。宗達は三十三間堂の風神雷神像だけでなく、北野天神縁起絵巻の藤原道真の怨霊である雷神も参考にして、自らの風神雷神を創り上げた。そして、その風神雷神が光琳から江戸琳派への系譜を作った。

●古田亮『俵屋宗達　琳派の祖の真実』平凡社　二〇一〇年　…風神雷神は畳二畳分程度の二曲屏風が、左右一組（二曲一双）で作られている。それほど大きくはないのだが、その存在感は大きい。俵屋宗達は一五六八年～一六三八年過ぎ（古田亮想定）、尾形光琳は一六五八年～一七一六年、酒井抱一は一七六一年～一八二八年。全く接することなく、それぞれほぼ百年の間を開けて繋がっている芸術的な流れを、琳派と呼んでいる。琳派は形を成さない芸術的な空気である。

●仲町啓子『もっと知りたい尾形光琳　生涯と作品』東京美術　二〇〇八年

●「三十三間堂」http://www.sanjusangendo.jp/　…正式名称は蓮華王院。蓮華王は千手観音菩薩を示す。

●「浅草寺」https://www.senso-ji.jp/　…本尊は聖観音菩薩。

53　天麩羅を揚げる油はね子供の日

浅草寺の門前に大黒屋という天麩羅屋がある。正式な名称は大黒屋天麩羅というのだそうだ。一八八七年（明治二十年）創業である。元々は蕎麦屋だったらしいが明治の末には天麩羅屋になったという。東京の天麩羅はごま油で揚げ、タレが結構かかっていて見た目が黒い。だいたい天麩羅という文字の〝麩羅〟の画数の多いこと。どんな複雑な料理かと思う。大阪から江戸に逐電してきた浪人のことを、逐電を反対読みをして天竺浪人といい、その人が小麦粉（麩）で薄い衣（羅）をつけて揚げたものを売ったので、天麩羅という名前になった。山東京伝がこれを名付けたということなのだが、ほかにも諸説あるようだ。ごま油の天麩羅も香ばしくてしっかりした味で美味しいのだが、関西ではサラダ油で揚げているので匂いも濃くなく衣の色もあっさりとした清々しい色である。えびの赤いしっぽがほのかに目に入って食をそそる。

天ぷらという表現のほうが似合う。〝ぷら〟という軽いひびきが熱いでき立てをささっと口に入れるという感じを引き立てる。それに比して天麩羅は重い。山東京伝の責任も重いと言わざるを得ない。「大黒屋」の天麩羅は、甘辛の濃いめの味で、衣の色も濃いめである。海老の天麩羅は大きく、厚みのある丼の縁から大胆に飛び出している。力強い天麩羅というべきだろうか。

ごま油とトウモロコシ油をブレンドしているのが神田神保町の「はちまき」である。ごま油だけよりはあっさりしている。江戸川乱歩や井伏鱒二も通っていた老舗だが気軽に入れる。穴子が美味しい店である。

池波正太郎のお好みの店はいくつかエッセイにも登場するが、株式仲買店の小僧時代に銀座でよく食べていたのが「天國」である。『散歩のとき何か食べたくなって』では、次のように書いている。

「好きな本を二、三冊買ってから［天國］へ入り、それをパラパラとひろげて見ながら［天ぷら御飯］か［お刺身御飯］を食べるのが小僧のころの私のたのしみだったものだ。［天國］へは、いまも、よく行く。今の私は、ここの天丼だ。（少し、腹がくちいな）とおもっても、ここの天丼だと、すっと腹の中へおさまってしまう。やはり、昔から食べ慣れた味だからなのだろう。」

作家として名を成してからいくつかの天ぷら屋のことも書いているが、小僧時代の天ぷらという意味では想いが強いのであろう。

東京の天麩羅と関西の天ぷらは、油だけでなく衣も違う。東京は小麦粉と卵を使うが、関西は小麦粉だけで卵は入らない。その分、関西では衣は薄くからりと上がる。「ぷら」がふさわしいのである。好みの問題ではあるが、最近では東京でも関西風の天ぷらを出す店もあるし、関西で「関東風天麩羅」と称する店もある。池波正太郎はこうも書いている。

「しかし、胡麻の油で、からりと色濃く揚がった東京風の天ぷらは、食べてのち、ちょっと消化剤をのんでおく。こういう天ぷらもまた、うまいのである。何事にも片よってはいけない。」

その通りである。何事にも片よってはいけないのである。

●「大黒屋天麩羅」http://www.tempura.co.jp/
●「はちまき」https://gfyg100.gorp.jp/
●「銀座 天國」https://www.tenkuni.com/
●池波正太郎『散歩のとき何か食べたくなって』新潮社　一九八一年 …京都の寿司屋のことを書いたあと、四十年前の三条辺りの風景について「三条大橋と小橋のあたりはビルディングやマンションが建ちならび、角度によっては東山も見えなくなってしまった。こうした京都の行先は知らぬ。」と突き放している。

54　金沢の旬食べている寒き夜

美味しいのは銀座の「天ぷら御飯」や「お刺身御飯」だけではない。先日、金沢で食べたお刺身も美味しかった。タクシーの運転手さんに教えてもらった寿司屋である。地元の人が利用する店で、気取ったところのない、いい店だった。親子二人で切り盛りをしている。親父さんが寿司を握る。息子さんは若く「まだまだ、父親にはかないません」と言っていた。名コンビだった。脂ののった寒ブリと新鮮なバイ貝、烏賊、鯛、トロ。カワハギ一匹分と肝をポン酢で和えて、たっぷりのネギをのせたものも美味しかった。カワハギのしまった身と肝のねっとりさがポン酢と絡み、口の中で美味しさが鬼ごっこをしている。少し早かったが、香箱ガニも華を添えた。寿司屋のカウンターと地物。旅の醍醐味である。お刺身のあとは、のど黒を焼いてもらった。脂ののりが何とも言えず品が良く至高の白身であった。ほろ酔いで寿司を数貫つまんで満腹になった。やはり地元のタクシーの運転手さんの話は確かである。

　魚を刺身で食べるのが広まったのは江戸時代の中期だという。これは江戸周辺で醤油が大量生産されるようになったことと関連が深い。生魚を食べるのに醤油は欠かせないものだ。一五〇〇年代半ば、関西の気候温暖で良質の塩や大豆、小麦を産する湯浅（現在の和歌山県湯浅町）で溜まりの販売が始まり、龍野や小豆島でも醤油の生産が盛んになっていった。醤油生産は一六〇〇年代初めには関東にも伝わり、豊富な原材料に加え江戸川や利根川を使った江戸への水運の利便性を兼ねそなえた野田や銚子で地廻り醤油として大量生産が盛んになったと言われている。関西から下ってきた値段の高い醤油に対し、「地醤油」が作られるようになって江戸の大衆にも広まった。

刺身と醤油の関係は、印象派の絵画とチューブ絵の具の発展を思い起こさせる。持ち運びできる絵の具は、印象派の画家たちを屋外へ向かわせ、溢れる光の中で風景を描かせた。屋外で描く画はフランス王立彫刻絵画アカデミーの公式展覧会にはなかなか認められなかったものの、一八七四年には、モネ・ドガ・ピサロなど三十名の画家たちが「画家、版画家、彫刻家等、芸術家の共同出資会社の第一回展」つまり第一回印象派展を開催した。アカデミーに対抗する芸術活動であり、多くの人々にも受け入れられるようになって絵も売れだし、新たな芸術運動へと繋がっていった。このころ、フランスでは蒸気機関車を使った鉄道網が発達しつつあり、印象派の画家たちは鉄道に乗って郊外に出かけ、チューブ絵の具を使って屋外でキャンバスに光を落としていった。

玉井貴子は『鉄道と近代化―マネと印象派が描いた鉄道』で、

「十九世紀後半、経済の発展により余裕のあるブルジョアの間では鉄道で郊外の行楽地に出かけ、そこで余暇を過ごすことが習慣となっていった。マネや印象派の画家たちはこの新しい風俗をいち早く画題として取りあげているのである。彼らにとって鉄道も絵画の題材として重要であったが、鉄道によって誕生した新しいライフスタイルとそれを享受する人々も同時に魅力的であったのである。」

と書いている。印象派の絵画とチューブ絵の具にとって、蒸気機関車は刺身と醤油の関係における江戸川や利根川の役割を果たしたのである。

●林玲子・天野雅俊　編『日本の味　醤油の歴史』吉川弘文館　二〇〇五年

●早稲田大学大学院博士後期課程　玉井貴子「鉄道と近代化―マネと印象派が描いた鉄道」『高等学校 世界史のしおり』帝国書院　二〇一四年三学期号…「作者のエドゥアール・マネは近代化の進むパリの新しい都市風俗を率直にとらえ、印象派に影響を与えた画家であったが、（中略）パリの日常のひとこまが　本作（「鉄道」）にも流行のモードに身を包む若い女性と、着かざった少女とが明るい陽光のもとなにげない仕草のなか描かれており、切りとられているかのようである。」とも述べられている。

55　一仕事終わったあとの葛桜

江戸川の土手までは柴又の駅から歩いて二十分ほどである。その途中に柴又帝釈天がある。映画「男はつらいよ」でお馴染みの場所である。高田郁の『みをつくし料理帖　第二巻　花散らしの雨』に一粒符《いちりゅうふ》というお守りの話が出てくる。太一という子供の父親伊佐三が麻疹《はしか》にかかった息子のために浅草から柴又まで歩いてお守りを受けに行くのである。

「葛飾の柴又《しばまた》に一粒符《いちりゅうふ》、てぇ護符を受けに行くのさ。何でも三十年前に悪い病気が流行った時にご利益《りやく》があった護符だそうで、何としても太一に……」

このお守りは、飲むお守りであった。

「伊佐三は一粒符を太い指で慎重に摘《つ》まむと、嫌がる太一の口に無理にもひと粒含ませた。懐《ふところ》から竹筒を取り出すと、『帝釈天さまから汲んできた水だ。むせねぇように、ゆっくり飲みな』と、中身を静かに息子の口へ注《そそ》ぐ。」

そして、回復した太一のために主人公の澪が作るのが病明けの体に口当たりの良い「なめらか葛饅頭」である。

「周りの葛の皮がつるんと舌に優しい。噛むと滑らかな餡が顔を出し、口一杯、幸せな甘味で満たされる。太一が澪を見て、ぎゅっと目を細めた。」

江戸下町の人情を映し出した話でとても気持ちよい小説である。主人公の料理人澪の凜とした生き様に心が洗われ、全十巻を読み通すのにそれほど時間はかからなかった。

葛は吉野ということになるのだが、「吉野葛」という美しい小説がある。谷崎潤一郎が関東から関西に移り住んでだいぶ経ってから書かれた物語で、関西の持つ柔らかな空気が葛饅頭の外皮ような儚《はかな》げな風合いをもつ言葉で語られる。繰り返しになるが、とても美しい小説である。吉野の風景とそれを表す言葉の連なりの美しさ、母親に対する美しくも哀しい思慕、それらが歌舞伎「芦屋道満大内鑑《あしやどうまんおおうちかがみ》」の話と相まって切なく綴られる。

私が「芦屋道満大内鑑」にある葛の葉の子分かれを知ったのは、落語の「天神山」である。男に助けられた狐が女に化身し、その男と夫婦となって男の子をもうけるのだが母親が狐ということがわかってしまい子供に心を残しつつ母狐は歌を残して去っていく。「恋しくば尋ね来てみよ和泉なる信田の森のうらみ葛の葉」

また、落語「親子茶屋」には狐釣りという遊びが出てくるが「釣ろうよ、釣ろうよ　信田の森の　狐どんを釣ろうよ」という歌詞が使われている。実際に行われていた遊びであり「吉野葛」にも狐釣りの話は書かれている。主人公は、幼い時に母を亡くし古い手紙から母の実家を探し当て「大和国吉野郡国栖《くず》村窪垣内」を訪ねるのである。国栖は和紙の産地で「行きどまりの山奥に近い吉野郡の僻地」であった。
「長方形の紙が行儀よく板に並べて立てかけてあるのだが、その真っ白な色紙を散らしたようなのが、街道の両側や、丘の段々の上などに、高く低く、寒そうな日にきらきらと反射しつつあるのを眺めると、彼は何がなしに涙が浮かんだ。」

おそらく母がいたころと変わらない風景の中で「何処かその辺の籬《まがき》の内に、母が少女の群に交じって遊んでいるかも知れなかった。」と思うのである。「妹背山婦女庭訓」「義経千本桜」も小説の背景として語られ、主人公の心情風景に一層の厚みと深みを加えているのである。

●高田郁『みをつくし料理帖　第二巻　花散らしの雨』角川春樹事務所 二〇〇九年 …葛饅頭は、くず粉で作った水晶のような透明感のある生地で餡を包んだ涼しげな和菓子である。澪が作ったのは熱《ほて》った子供の体を優しく気遣う心のこもった葛饅頭だった。

●谷崎潤一郎『吉野葛・蘆刈』岩波書店　一九八六年（「吉野葛」初出は中央公論　一九三一年）…千葉俊二の解説には「佐藤春夫の言葉を借りるならば、『吉野葛』は谷崎潤一郎が「急角度を以って古典的方向に傾いた記念的作品」であり、第二の出発点（「最近の谷崎潤一郎を論ず」）として重要な意味を持つ作品である。」とある。

56　目を凝らしひまわりの種数え出す

「芦屋道満大内鑑」では、狐を母にもつ男の子が成長して安倍晴明を名乗るということになっている。安倍晴明は平安時代の陰陽師であり、陰陽五行説を元にして占筮《せんぜい》や地相を職掌していた立場の人である。花山《かざん》天皇や一条天皇、藤原道長の信を得ていた。

三島由紀夫は短編小説「花山院」を、

「中古の陰陽師は、欧洲中世の錬金道士のような神秘な知識の持主として重んぜられていた。」

と書き始める。そして晴明を、

「鬢髪《びんぱつ》は白く、頬は皺畳《しわだた》んでいたが、何ものをも見透かす霊眼は、春の海のような温和な潤《うる》みをも湛《たた》えていた。慈眼というには冷たく、冷眼というには汎《ひろ》かった。むしろその目は、何ものをも宥《ゆる》してしまうあまりに、何ものも救わない目であった。陰陽師は宗教家ではなかったのである。」

と表している。藤原道兼の謀略で花山天皇が出家させられる道すがら、夜の闇のなか晴明の屋敷の前を通ったとき「御退位を知らせる天変があったが」という晴明の宣託が花山天皇の耳に届く。宣託は神のお告げである。晴明が道兼の謀略に加担していたのかどうかは定かではない。

道兼の甥にあたる一条天皇が即位して、道兼はのちに関白になるのだが、就任後すぐに病死する。享年三十五歳で「七日関白」と呼ばれた。因果応報と言われるが、やはり悪因は苦果を生むのであろうか。

晴明の家紋は陰陽五行に由来した五芒星であることはつとに知られている。桔梗の花の形に似ていることから晴明桔梗印とも言われる。桔梗は言うまでもないが梅、桜、椿、山吹、日々草など、花の四割程度は五弁である。

西山豊は『自然界にひそむ「5」の謎』で、花弁はなぜ五枚が多いのかという問題に迫っている。なかなか難しい本であった。それによると、サッカーボールの模様にヒントがあるという。サッカーボールは五角形に隣接した五枚の六角形を組み合わせて球になっている。つまり茎の頂部が半円球になっているためそこに五角形を中心とした五つの六角形が構成されるのではないかということなのだが、そこから先に理解が進まない。やはり難しい。この本にも書かれているのだが、花弁だけでなくヒトデの足は五本、人の指も五本と自然界には五という謎の数字が多いのは確かである。なかなか興味深い問題であるが、なぜなのかは今のところ、はっきりとわからないというのが正解のようである。

この本の中にフィボナッチ数列が出てきて自然界との繋がりを指摘しつつも、これだけで自然界の話を説明することはできないとしているし、フィボナッチ数列というと並びで出てくる黄金比についても、その評価について必ずしも肯定的ではない。黄金比が美しいという通説に関しては私もかなり懐疑的であったので頷きながら読んだのである。

五芒星は魔除けの意味合いが強いとされているし、桔梗は縁起が良い花とされている。桔梗という漢字は「吉」と「更」にそれぞれ木編をつけたものであり、更に吉に繋がるとして武将の家紋にも使われていた。そういえば「大」の字も五芒星の形に近い。大文字焼きの翌日、送り火の役目を終えた薪は炭となっているのだが、朝早くから多くの人がその炭を拾いに集まる。大文字の炭が魔除けになると言い伝えられているのである。

●三島由紀夫『ラディゲの死』新潮社　二〇〇六年　…「花山院」収録

●西山豊『自然界にひそむ「5」の謎』筑摩書房　一九九九年　…フィボナッチ数列は、$a_1=a_2=1$, $a_{n+2}=a_{n+1}+a_n$（$n \geqq 1$）と表され、1, 1, 2, 3, 5, 8, 13, 21 ……となり、ひまわりの種の並びが例示されている。自然界との結びつきが多いと言われている。

●黄金比を初めて知ったのは、大学の西洋建築史の講義だった。若い私でさえ美しさがそんな単純な数式で表されるのかと、なんともおかしい話と感じたのを憶えている。「縦横比が黄金比の矩形から最大正方形を切り落とした残りの矩形は、やはり黄金比の矩形となる。」という部分は幾何学的には美しい。しかし、なぜそれが建築の形の美しさにつながるのかについては論理的な説明はなかったのである。

57　マッカラン静かに翳る夜の梅

晴明神社は、晴明が亡くなったのちに一条天皇が晴明の偉業を称えて創ったとされており、境内には狐にゆかりのある稲荷社も祀られている。当時の内裏の鬼門にあたる北東に建てられ内裏を護っていたのである。晴明の陰陽師としての力量が偲ばれる位置なのである。晴明神社の近く、現在の御所の西、烏丸通に面する広橋殿町に「とらや」の京都一条店がある。言うまでもなく、とらやは京都発祥の和菓子の老舗である。「雲居のみち」「九重の華」など、京都限定の和菓子がある。雲居も九重も宮中を表す言葉である。

「くもゐにて　よをふるころは　さみだれの　あめの下にぞ　生けるかひなき」（大和物語　兵部卿宮）

〈（あなたから遠く離れた）宮中で夜を過ごしているころは五月雨《さみだれ》ではないが心が乱れ、この世に生きているかいがないように思われることだ〉

雲居は雲のはるか彼方であり、遠い世界に住む人々というような意味合いである。五月雨と乱れ、雨と天、言葉と意味の重ねの優雅さが光る。

「いにしへの　奈良の都の　八重桜　けふ九重に　にほひぬるかな」（詩歌集　伊勢大輔）

〈昔の奈良の都（から届けられた）八重桜が、今日は京都の宮中でひときわ美しく咲き誇っております〉

九重は幾重にもある垣の奥というようなことを表している。今日と京、八重と九重、ここでも言葉と意味の重ねの芳香が漂う。宮中は庶民の窺い知れない空間である。しかし、京都の御所には堀もないし高い石垣もない。守ろうとする意志がみられない。江戸城とは違うところである。天皇は攻められる存在ではないのである。

その宮中にとらやは菓子を納めていた。優しさを愛する風土が身についている。創業は室町時代後期というからその歴史は五百年を超えるが、明治維新の東京遷都に伴って京都の店を残したまま天皇に随行して東京へ出店している。京都に残った一条店の間近には京都菓寮がある。庭を見ながら気持ちを緩やかにすることができる店で、京都にいるのだということを感じさせてくれる落ち着きと風情がある。お菓子と一緒にそのような空気までも口に入れることができるのである。お菓子にゆかりのある本も置いてある。東京の赤坂の店は以前は背の高い建物で、低層部が店舗で上層部は事務所だったという記憶がある。しかし今は違う。低層の建物でゆったりとした階段が売り場から上階の菓寮に導いてくれる。洗練されたデザインの優しい屋根をもつ静かな建物が建っているのである。歴史ある菓子舗としての矜持が感じられて清々しく凜々しい。

とらやの羊羹に「夜の梅」というのがある。不思議な名前だなと思っていたら、「春の夜の　闇はあやなし　梅の花　色こそ見えね　香やは隠るる」（古今和歌集　凡河内躬恒）
〈春の夜の闇は無意味だ。梅の花も色が見えなくなってしまうが、その素晴らしい香だけは隠れようもない〉
からきているのだそうである。切り口の小豆が夜の闇にほの白く咲く梅の花に見立てられている。開高健は「夜の梅」をつまみながらシングルモルト「マッカラン」を飲むのを好んだのは有名な話である。「夜の梅」は作られ始めてから二百年を超す長い歴史を持っている。

●虎屋文庫 編『和菓子を愛した人たち』山川出版社　二〇一七年
●「雲居のみち」は、平安遷都千二百年に因んで一九九四年に作られた京都限定のお菓子。御所車がデザインされている。「九重の華」は、つくね芋ベースの生地に大納言を挟んだ二〇〇八年の京都限定のお菓子で、今は販売されていない。
●「とらや」https://www.toraya-group.co.jp/ …開高健と「夜の梅」のエピソードは二〇一四年一月十六日の「歴史上の人物と和菓子」で紹介されている。

58　露の玉お初徳兵衛散った夜

梅は天満宮の花であり、天満宮は菅原道真を祀っていて全国各地にある。多くは天神さんと呼ばれている。

「東風ふかば　にほひおこせよ　梅の花　あるじなしとて　春な忘れそ」（大鏡　菅原道真）

〈（春になって）東の風が吹いたならば、その香りを（私のもとまで）送っておくれ、梅の花よ。主人がいないからといって、（咲く）春を忘れてくれるなよ〉

右大臣であった菅原道真が藤原時平らの策謀により太宰府に左遷配流された時、館の梅の花をみて詠んだ歌である。九〇一年（昌泰四年）に道真が太宰府へ向かう途中、大阪で船泊をし「露とちる　涙に袖は朽ちにけり　都のことを　思い出ずれば」と詠んだことから、露天神と呼ばれる神社が大阪の梅田にある。未練たっぷりの歌を詠んでいるのは、さぞかしこの左遷配流に悔しさと恨みを抱いていたからであろう。

露天神は大阪では「お初天神」という呼び名のほうが親しまれている。近松門左衛門の『曾根崎心中』でお初徳兵衛が道行の末に心中を図った場所として知られているのである。

同じく近松の『心中天の網島』には「名残の橋づくし」で曾根崎の蜆川にかかる橋が道真の名とともに語られる。

「蜆川。西に見て。朝夕渡る。此の橋の天神橋は其の昔。菅丞相と申せし時筑紫へ流され給ひしに。君を慕ひて太宰府へたった一飛び梅田橋。跡追ひ松の緑橋。別れを嘆き。悲しみて跡に焦がるる。桜橋。」

近松の言葉遣いは、凄惨な場面もありながら心地良いリズムがある。道真にまつわる伝説が橋の名前に織り込まれているのは、何とも言えぬ新地の趣である。今では蜆川も桜橋も、緑橋も梅田橋もなく、わずかに桜橋が地名として残るのみである。

道真は、館の梅の木だけでなく松の木や桜の木とも別れを惜しんだのだが、梅の木との別れを惜しんだ歌があまりにも有名である。しかし、桜の木や松の木のほうも主人との別れを悲しんだのである。梅があるじを慕って太宰府へ飛んだのは飛梅伝説として知られている。桜は別れが辛くて枯れてしまう。これを聞いた道真は「梅は飛び桜枯るる世の中に何とて松のつれなかるらん」と、松のつれなさを詠む。道真につれないと言われた松は梅の後を追って太宰府まで飛んで老松（追い松）となる。今でも太宰府には飛梅の神木があり、老松は末社として祀られている。

菅原道真は、平将門、崇徳院と並んで日本三大怨霊の一人と言われているが、今では学問の神様として多くの人に親しまれている。九〇三年（延喜三年）に道真が太宰府で五十九歳で亡くなった後、道真を太宰府へ追いやった藤原時平が三十九歳の若さで亡くなる。その後、醍醐天皇の皇子で藤原時平の妹が母親である保明親王が二十九歳で亡くなったり、藤原時平の娘を母にもつ慶頼王が五歳で亡くなる。清涼殿に落雷があって死者が出たりした。最後には醍醐天皇も四十六歳の若さで崩御するのである。多くの人が道真の祟りと信じ道真の復権やその怨霊を鎮める行事が行われた。九二三年（延喜二十三年）には道真は右大臣に復権し、道真左遷の宣命が破棄され記録からも抹消されたという。九四二年（天慶五年）には天神の称号を与えられ、九四七年（天暦元年）には北野天満宮が創建され祭神として祀られたのである。

●近松門左衛門、諏訪春雄 訳注『曾根崎心中 冥途の飛脚 心中天の網島　現代語訳付き』角川学芸出版　二〇〇七年 …「世話浄瑠璃が使用した人形頭の多くは時代浄瑠璃から受けついだものであったが、世話浄瑠璃で初めて要求された人形頭があった。」心中ものの男役（若男）の人形頭は、近松の世話物のイメージに合わせて新たに作られたという。

●山田雄司『怨霊とは何か　菅原道真・平将門・崇徳院』中央公論新社　二〇一四年

59　太棹の音色もはるか近松忌

大阪の北新地は蜆川を境に北側が曾根崎新地、南側が堂島新地と呼ばれていた。一九〇九年（明治四十二年）の北の大火の時に瓦礫で蜆川の上流が埋め立てられ、一九二四年（大正十三年）には下流も埋められて蜆川は消滅している。二つの新地は一つになって北新地と呼ばれるようになった。堂島新地は堂島や淀屋橋で商売をしていた裕福な人たちが遊び、曾根崎はもう少しくだけた遊び場だったらしい。

近松の心中ものに出てくる曾根崎の遊女は、大阪のもう一方の花街の新町と比べると格が低かったし値段も安かったようである。それだけに「曾根崎を舞台にした心中は、新町で遊ぶ男たちよりも、貧しいところが哀れをそそられる。」と田中澄江は『田中澄江の心中天の網島』で書いている。近松は歌舞伎役者坂田藤十郎のために作品を書いたが、藤十郎亡きあとは主に人形浄瑠璃のために作品を書いている。人形の持つ怪しい無機質感のほうがむしろ人間の本性を表現してくれるということなのだろう。田中澄江は、「その作品にひとびとを引き入れるためには、浄瑠璃の語りがよっぽど巧みでなければならぬ。近松は、その語りを言葉の巧みさで、人形に魂を入れさせることができた天才であったと思う。」

と書き、朝吹真理子は『文楽のすゝめ』の中で、

「近松物の情けの世界を人間がやると、ときどき胃もたれがする。人間が演じることのえぐみが歌舞伎のおもしろさなのだけれど、それが苦しくなる。金や情をめぐる話の生々しさが人間より人形のほうが観客に伝わってくる。」

と書いている。役者の日常生活などが意識されないで、物としての人形が演じるほうが素直に感情移入ができるのである。

元禄のころ、近松と並んで人形浄瑠璃を支えたのが竹本義太夫である。人形浄瑠璃は今では文楽と言われているが、義太夫という言葉も残っている。

大阪の国立文楽劇場で文楽を聞いたことがある。太夫と三味線と人形遣いの三業で成り立つ芸能である。太夫と三味線は、回転式の床に乗って舞台に登場する。太夫の座り方は一段と大きく、三味線弾きは腰を落として小さく座り、その対比の面白さが印象に残っている。人形遣いは、昔は一人だったようだが、今は三人で一体を操っている。六代目竹本織太夫は、

「わたしの家は（中略）三味線の家系でした。祖父も私を三味線弾きにするつもりで育て、（中略）しかし、舞台を観ているうち、祖父や伯父の隣で語る太夫に憧れるようになった

のです。全身全霊で語る太夫がとてもかっこよく見えて。（中略）七歳で祖父が他界。しばらくして太夫の道に入ることにしました。」と『文楽のす、め』で述べている。そして、のちに祖母から祖父も「太夫になりたい」と師匠に言ったという話を聞いて気持ちの整理がついたという。「『織太夫みたいない浄瑠璃を語ってたら長生きできへんぞ』と同業者が言うほど、全身全霊で命懸け。事実、代々の織太夫は若くに亡くなっています。」とも書いていて、その覚悟のほどが窺われるのである。今注目の太夫である。歌舞伎も浄瑠璃も、京都や大阪を中心とした上方の元禄文化の中で育った。特に大阪では堂島の商人たちの経済力を背景として、貴族的で雅な世界から庶民的な現の世界へと文化芸術の軸が増幅していったのである。

●田中澄江『田中澄江の心中天の網島　わたしの古典17』集英社　一九八六年
●竹本織太夫 監修『文楽のす、め』実業之日本社　二〇一八年　…六代目竹本織太夫がその襲名にあたって「大阪生まれの太夫だからこそ伝えられる文楽の面白さがある。」として書いた本である。朝吹真理子も同書の中で、文楽の世話物について「文字で聞く音楽」と題して寄稿している。

60　茜さす堂島で聞くベイ・ブルース

歌舞伎や浄瑠璃の世界を、さらに庶民的なものにしたのが上方落語である。上方落語には昔庶民の間でも浄瑠璃が盛んであったことを伝える話がいくつかある。その一つが「軒づけ」である。桂枝雀は二十六曲もカラオケで歌った話をマクラに振ったあと「えー、昔はね、一昔前この、大阪では浄瑠璃というものが大変はやったんだそうで……」と本題を始める。軒づけは、浄瑠璃愛好家が人様の家の軒先で無本で浄瑠璃を語り、気に入られなかったら「お通り、お通り」と他所へ行ってくれと言われてしまう。聞く側の力量もいるということはいかに浄瑠璃が一般化していたかということにもなるし、語る側にとってはいい修業になるとして軒づけがはやっていたのである。

「『そんな結構なお浄瑠璃、そんなとこで語ってもろてはもったいない、さあさあ、ああ、どうぞこっち、どうぞこっちぃ』言うて、この間やなんかもね、皆、奥へ通されて、なあ、得意にしているものを皆が一段ずつゆっくり語らしてもろた後で、うなぎのお茶漬けをよばれて帰ってきたといいう話もあるねん」

という話につられて、素人が軒づけに加わるという話なのである。「うなぎの茶漬け」

という台詞がくすぐりとしてよく出てくる。

お茶漬け鰻で有名なのは京阪三条近くの「かね正」である。一八六六年（慶応二年）創業の老舗である。お茶漬け鰻は、蒲焼にするには小さな鰻を売り物にするために、濃いめの味付けで炊いてお茶漬けの具にして食べるというものである。小津安二郎も愛したというこの「お茶漬鰻」の包み紙には「美味滋養」と書いてあって、滋養はもちろんだがやはり美味いのである。鰻は出てこないのだが、小津の映画に「お茶漬けの味」がある。気持ちのすれ違う夫婦がお茶漬けをきっかけに心を通じ合わせるのだが、そのシーンの会話が面白く身につまされるのである。中村明の『小津映画　粋な日本語』を読むと、小津映画は淡々としているようでその心情風景は濃密であり、練り上がった脚本と台詞は人生に対する濃いめの味付けなのだと思い知らされる。

大阪は北新地に「濃いめの味付け」と呼ぶにふさわしいバーがある。コテコテの大阪弁が飛び交う濃い味の店である。

「大阪・北新地のはずれ、堂島川に面したカウンター五席の小さな店。木製の扉を開けると真正面にカウンター席があり、スツールからは大きな窓の向こうに、ゆったりとした川の流れが見える。」

冬のある日、「四天王寺近くの生まれ、上町台地にある家からは夕日がきれいに見え、子どものころから、上る朝日よりも沈む夕日になじんで暮らしてきた。」という一人の客が「なんちゅうても大阪湾に沈んでいく夕日がええねん。そら、大阪ベイ・ブルースの世界やわ。」と言う。マスターがその言葉を受けて、「朝日と夕日やったら、同じような色してても、勢いがぜんぜん違うもんねぇ。沈んでいく太陽って、なんか不思議に心落ち着くやん。やっぱり右肩上がりより、右肩下がりの感じがええんやろね。」

夕日の話は、大阪弁の濃いめの味付けと馴染んでお酒も進む。店の名は『バー堂島』。吉村喜彦の小説である。ウィスキーフロートを飲みながらほろ酔いで文字を追うのである。

●桂枝雀「枝雀落語大全　第三十三集」東芝EMI　…「軒づけ」一九九四年六月二日収録

●かね正の素朴な包み紙を解くとお茶漬け鰻があらわれる。結構濃い色をしている。ご飯に載せて熱いお湯をかけると、鰻に濃縮された旨味が滲み出し程よい色と味になるのである。

●小津安二郎監督「お茶漬けの味」松竹　一九五二年　主演：佐分利信・小暮実千代

●中村明『小津映画　粋な日本語』筑摩書房　二〇一七年　…セリフや俳優との繋がり等から小津映画を語っている。

●吉川喜彦『バー堂島』角川春樹事務所　二〇一九年　…吉川喜彦はサントリーの宣伝部出身の作家である。

おわりに―― Alt キーを押しながら……

この話を書き終えたあとしばらくして、長崎市外海《そとめ》いうところに行く機会があった。長崎の中心部からバスで一時間二十分ほど離れた地域で、切り立つ海岸の合間の斜面地にいくつかの集落が散在している。高台から見る五島灘の海はきらきらと光っていた。春には少し間があったが、温かい陽光を受けて輝いていた。一つの集落が見えた。そこには小さな尖塔をもつ教会があるのが遠目にもよくわかった。バスに揺られていた途上にも、急峻な坂の上にレンガ造りの教会があった。外海のこの辺りの集落は、その昔、潜伏キリシタンたちやポルトガルから来た司祭が隠れて信仰を続け迫害を受けていた場所なのである。そんな辛い過去があったとは思えないほど、外海は明るい光に満ち溢れていた。

遠藤周作はここを舞台にして『沈黙』を書いた。私は『沈黙』という本のおかげで歴史に埋もれた多くの人たちの苦しみを知ることができた。苦しんで苦しんだ末に踏み絵を踏んでしまう人たちの内面の葛藤を知ることができたのである。信仰とは何かを考え、沈黙という言葉の意味を教えられたのである。『沈黙』を読むことは、遠藤周作と友達になることである、と孟子は言うのだ。恐れ多いとは思うのだが、私は遠藤周作という友達から多くを学んだのである。

佐藤愛子の『冥途のお客』という本がある。近松門左衛門の『冥途の飛脚』をもじったタイトルである。「私は冥途に沢山の友達がいる。」と始まるその本に、遠藤周作の話がでてくる。ある夜、佐藤愛子の家に遠藤周作が冥途から現れ「死後の世界はあった……」と、彼女に報告するのである。遠藤周作が生前、どちらか先に死んだほうが死後の世界があるかどうかを報告するという約束をしようと言って、先に逝った遠藤周作がその約束を果たしに来たというのである。遠藤周作だけでなく、開高健や有吉佐和子、おそらく川上宗薫（本では特定されていない）らが集まって話をしているところも出てくる。四人とも冥土のお客である。遠藤周作は、生き残っている佐藤愛子に「君はまだまだここへ来られないよ。資格がないからな。」と軽口を叩いている。佐藤愛子は、

「生きても死んでもどこまでもふざけた男だ。しかしふざけながら天国まで真直に行けたということは、この世で病弱に苦しみつつ克服の努力をし、人の悲苦に人一倍の思いやりを持ち、愛に満ち、そうして死を受け入れる覚悟ができていたためだろう。私はそう確信する。」

と書き加えるのだ。狐狸庵と遠藤周作という二つの名前を持っていた作家の多面性を語る言葉である。遠藤周作はそのエッセイに「私は狐狸庵という名のおかげでともすれば狭

くなりがちな自分の世界を拡げることができた。」と書いている。

パソコンのキーボードに Alt キーというのがある。Alt は Alternate の略で「代わりの」とか「別の」というような意味をもっている。Alt キーを押しながら Mizukawa という名前を打ち込むとどうなるのだろう。そんな想像をしながら、これからもポジティブに行動し・読み・考え・書いていきたいと思う。気ままな一人旅はまだまだ続く。

遠藤周作の言葉を集めた本のタイトルに『人生には何ひとつ無駄なものはない』というのがある。これまでにやってきたこと、今やっていること、これからやるかもしれないこと、すべてが決して無駄なことではない。すべてが人生の伏線なのである。そして「滅入ったときは、孤独になりなさい。そして孤独のときの対話は、やっぱり本や芸術です。」とアドバイスしてくれる。本や芸術が人を勇気づけ、生きる意欲と気づきを呼び覚ますのである。素晴らしき哉、読書尚友である。

碧い海原と水平線を望む外海を訪れたのは、ゆっくりと春が動き始めた明るい日であった。ここからみる五島灘に沈む夕陽は神々しいと、多くの人は言う。また見にこなければならない。柔らかな海風に吹かれ、夕陽と共に想いを沈めて黙すには絶好の場所なのである。

著者プロフィール

Alt.Mizukawa（おると・みずかわ）

1952年　岡山県生まれ（兵庫県宝塚市在住）
1976年　京都大学工学院研究科（建築学専攻）修士課程修了
1976年　建築設計事務所　入社
1987年　信託銀行　入社
2006年　建築設計事務所　入社
2006年　京都大学工学院研究科（建築学専攻）博士課程修了
　　　　博士（工学）取得

小学校・中学校・高校時代は、いずれも転校を経験し、入学した学校と卒業した学校は違う。仕事も建築設計事務所・信託銀行の間を2回転職して、建築設計からプロジェクト推進方法のデザインに仕事の軸足を移す。人の知恵と歴史の積み重ねが地域や文化を作っていることに眼差《まなざ》しを向け、「日本より頭の中のほうが広い」（夏目漱石『三四郎』）を信条にして人生のAltキーを押し続ける。

素晴らしき哉、読書尚友

2021年9月15日　初版第1刷発行

著　者　Alt.Mizukawa
発行者　瓜谷 綱延
発行所　株式会社文芸社
　　　　〒160-0022　東京都新宿区新宿1－10－1
　　　　　　　　　電話　03-5369-3060（代表）
　　　　　　　　　　　　03-5369-2299（販売）

印刷所　株式会社フクイン

ISBN978-4-286-22957-7